Journal intime
d'un maître-chanteur

Du même auteur

Exemplaire de démonstration, Fayard, 2003 ; Pocket, 2005.
Carte muette, Fayard, 2004 ; Pocket, 2006.
Bandes alternées, Fayard, 2006.
Un livre blanc, Fayard, 2007.
Journal intime d'un marchand de canons, Fayard, 2009 ; J'ai lu, 2014.
Journal intime d'une prédatrice, Fayard, 2010.
La Conjuration, Fayard, 2013 ; J'ai lu, 2015.
La Légende, Fayard, 2016.
Une vie en l'air, Fayard, 2018.
A cappella, Flammarion, 2023 ; J'ai lu, 2024.

Philippe Vasset

Journal intime d'un maître-chanteur

roman

Flammarion

ISBN : 978-2-0804-5633-5

Je sais les noms des personnes
sérieuses et importantes qui se trouvent
derrière les personnages comiques
ou les personnages ternes.

Pier Paolo Pasolini « Lo so i nomi »,
poème publié dans le *Corriere della Sera*
le 14 novembre 1974

Je l'ai tellement attendu, cet âge d'or du chantage ! Et maintenant qu'il est là, je n'y fais que de la figuration. La raison de ce gâchis ? Internet, les réseaux, tout ça… Il est là, l'Eldorado du linge sale. Et moi je suis d'un autre temps, celui du téléobjectif. Planquer, cadrer, piéger ? Mains dans le dos. Poster, liker, commenter ? Plus personne.

Si les nouveaux délateurs voulaient bien laisser un peu d'espace aux anciens ! Mais rien ! Tout pour eux ! Hier encore… Nuit blanche dans le studio d'un étudiant dépêché en vacances à mes frais. Trépieds, focale, visée. Même cible depuis une semaine : troisième fenêtre, sixième étage. Sandwichs, cigarettes… 00:12 : lumière derrière les volets. 01:23 : noir. 04:49 : les persiennes s'écartent et voilà mes deux sujets, cols grands ouverts, qui se mettent au balcon. Partage de cigarette. Je rafale : l'aube naissante esquisse leurs visages. Il faudrait qu'ils s'embrassent. Trajets de mains : tempes, cheveux. Ah ! Caresses furtives. Torse, cou. 04:52 : démontage, transfert, analyse. La lumière est rare, mais leurs traits sont bien visibles. Et les gestes parlent d'eux-mêmes. Touche personnelle : j'ai flashé leur entrée dans l'immeuble hier soir. En publiant ces photos à côté de celles, débraillées, du matin, on montrera que le couple a échangé ses chemises, preuve, s'il en est, que la nuit n'a pas été uniquement consacrée à la conversation…

Belle prise, donc. Je dépose l'argent et les clés, sur la table de la cuisine, puis claque la porte. SMS à l'étudiant – la place est libre –, puis à Mylène – c'est dans la boîte. Mylène passe les appels : moi, je ne procède jamais au chantage proprement dit. J'ai essayé, mais mes menaces restent sans effet. Mylène, en revanche, sait raréfier l'atmosphère : timbre assourdi, souffle court… Très peu résistent.

Autrefois, j'aurais tiré bon prix du fait que les deux individus piégés sont des hommes. Fini, tout ça. Sur ce coup, c'est leur raison sociale qui paye : l'un des amants est maire-adjoint d'une très grande ville, l'autre est promoteur. L'amalgame fera le reste, et c'est tout ce qui m'importe. Je me couche avec la certitude d'avoir, le lendemain, une offre à cinq chiffres.

Mais dix heures plus tard, je suis réveillé par une sonnerie insistante : tu peux tout jeter, gronde Mylène dans le haut-parleur. Les deux tourtereaux ont fait des *selfies*, les images sont sur les réseaux. Jamais agréable de se faire griller, mais par des anonymes qui ne savent manipuler que leur téléphone ? Punition.

Faute de savoir le provoquer, j'attends le rebond, en résistant à la tentation de feuilleter ce journal en arrière : vérifier que l'on a été console rarement de ne plus rien être… C'est même souvent l'inverse. Pour m'occuper, je visite. Le Bon Père, par exemple. Lui sait apaiser, comprendre et, mine de rien, rembobiner. Oh ! à peine ! Par tout petits coups. Mais, bon, tout de même, c'est agréable. Et à deux, c'est moins triste.

Le Bon Père ! Assurément mes plus belles années. Il fut l'une de mes premières cibles Aujourd'hui encore, on aime raconter l'histoire, pour le plaisir de mégoter les détails. « Sous la soutane, le vice » avait titré l'hebdomadaire auquel j'avais vendu les clichés. Piégé en compagnie d'une très jeune femme, le Bon Père avait refusé d'acheter mon silence, sûr que la fesse ecclésiastique n'intéresserait personne. Mauvais calcul : ce fut un déferlement. Froc, cure, traitement : il n'a fallu que quelques semaines pour que tout lui soit retiré. Et moi j'ai imposé ma chance, comme dit l'horripilant poète : un prêtre déchu, pensez !!! Trente ans de confessionnal ! Une telle occasion ne se représente pas.

Après l'avoir précipité à terre, j'ai donc patiemment attendu que le Bon Père se relève. De loin, j'ai surveillé ses efforts, l'ai vu lutter, faiblir, et ce n'est qu'au moment suprême que j'ai tendu la main et sorti le grand jeu. Le catholique aime l'aveu : il en a eu pour son argent. J'ai très théâtralement jeté le masque, confessé mon rôle et, pourquoi faire sobre, demandé pardon. Quitte ou double ! Et ma couleur est sortie : pleurs, absolution, bénédiction.

Avec le Bon Père, en vieux du village, on aime commenter l'activité de nos épigones, qu'on juge invariablement brouillonne, malvenue, ni faite ni à faire. Ce matin c'est un garde du corps, longtemps affecté à la première fortune de France, qui a tenté de revendre des photos que *Le Canard enchaîné*, qui rapporte l'affaire, qualifie – euphémisme de rigueur – « d'intime ». Ignorant les usages, le gros bras a voulu négocier lui-même, ce qui n'a pas manqué de mettre certains acronymes d'État à ses trousses. Forcément ! Quand on est partie prenante, on use d'intermédiaires, c'est la règle ! J'ai commencé comme ça : en vendant des photos que des collègues, trop proches de leur cible, ne pouvaient monnayer eux-mêmes. Dans le sport, les corbeaux sont plus professionnels : ceux qui ont récemment mis la main sur le film, là encore « intime », d'un footballeur célèbre l'ont approché *via* d'autres joueurs. Je me souviens à ce propos d'un épisode…

Et voilà ! Un instant d'inattention, et je me retrouve à patauger dans le passé. C'est le risque avec ce journal. Au début c'était une ligne de nage, un guide-chant. Je notais les frais, les sommes extorquées, listais les cibles. Et puis, quand les affaires se sont espacées et la vie, conséquemment, réduite, c'est devenu une discipline : consigner les affres pour éviter d'être consigné.

Essayer de comprendre, aussi. Accrocher ce qui fuit. Retrouver un rôle, une place. Car il n'est évidemment pas question d'envisager la retraite : ce n'est pas au moment où mon art rend riche que je vais déserter ! Pour quoi faire, de toute façon ? Ma branche, je l'ai choisie en conscience : le reste manquait de goût. Il faut juste que je remonte en selle, que je retrouve la patte, le coup de main.

Alors je fais des martingales, je cherche le mat en trois coups. Il y a vingt ans, c'est moi qui donnais le ton : les chasseurs de scandale s'épuisaient dans ma roue. J'ai été le premier, par exemple, à utiliser des mini-caméras. J'allais les acheter en Allemagne, les incorporais moi-même. Dans des réveils, des socles de statuette, des cloisons même. Je laissais tourner, puis faisais ma récolte. C'était risqué, bien sûr, et j'ai plusieurs fois failli me faire prendre, mais l'effet de souffle était prodigieux : terrifiées de se découvrir à l'écran, les victimes payaient sans barguigner. Aujourd'hui c'est banal, certains États ont même industrialisé la pratique. Mais à l'époque, c'était révolutionnaire : tous mes concurrents rageaient. C'est ce genre d'idées dont j'aurais besoin pour revenir dans le peloton.

Pour siphonner téléphones et disques durs, j'ai bien sûr envisagé de m'adjoindre un informaticien. J'ai même fait quelques essais, mais rapidement déchanté : ces types sont chers et surtout incontrôlables. Pas d'horaire, pas de parole, pas de visage. C'est, j'imagine, suffisant pour voler des numéros de carte de crédit, mais pour le chantage, c'est rédhibitoire. Exercice délicat, l'extorsion nécessite une maîtrise complète de la chaîne de valeur. Moi qui pratique depuis trente ans, je n'ai jamais eu que deux collaborateurs : le Bon Père pour les dossiers, et Mylène pour les règlements. Deux artisans dont je connais l'histoire, le profil, les revenus. Qu'est-ce que j'irais m'encombrer d'un Biélorusse qui revendra mes stocks au noir ?

Le seul technicien en qui j'ai cru, c'est Julian Assange, l'animateur de Wikileaks, le catalogue de données volées. Dès son apparition, ce dispensateur de secrets d'État m'a fait l'effet d'un associé potentiel. Sa hargne trahissait ses goûts : il prêchait la transparence, mais il était facile de voir que son désir le portait vers des régions moins lumineuses. Pour l'entreprendre, j'avais fait le voyage à Londres. L'idée était de lui proposer un partenariat à front renversé : à lui les imprécations et l'avant-scène, à moi l'ombre et la monétisation des fuites. On a déjà vu, dans l'histoire, des militants se payer de rapines. Mais l'illusion fut brève : quand on m'a introduit dans la gentilhommière où se cachait Assange et que je l'ai vu, le poil méticuleusement blanchi, distribuant ses oukases à un parterre de jeunes aristocrates, j'ai fui. Le narcissisme du personnage constituait un obstacle par trop insurmontable.

Mylène a toujours jugé mes préventions rétrogrades : sans *hackers*, dit-elle, pas d'avenir. Qui va aller à la pêche aux *sextos* ? Qui va intercepter les *selfies* ? Nous, peut-être ? Je plaide la raison : les « *hackers* », comme elle dit, ça n'existe pas. C'est un métier de cinéma, comme tueur à gages. Dans la vie, il n'y a que des informaticiens. La très grande majorité rangée, une petite minorité aventureuse. Mais même les audacieux ne s'intéresseront jamais à nos affaires : trop petit et surtout trop risqué. Braquer des banques virtuelles est plus rémunérateur.

La réalité, appuie Mylène, c'est que j'ai peur. Derrière mes justifications, il y a un refus du changement. Où est passé le voltigeur qu'elle a connu ? Qui est ce vieil homme qui ratiocine ? Je m'énerve, reprends, explique, mais mes messages restent non lus. Pour m'épargner une bouderie absurde, je décide d'aller la voir. Elle vit à une petite heure de Paris, non loin de Lisieux. Non loin de tout, en fait, mais très nettement nulle part. Boue, bâches, bottes : ce décor. Je roule fenêtre ouverte, histoire de ventiler les idées, mais n'arrive qu'à faire voleter emballages et tickets accumulés un peu partout dans ma voiture. J'ai plus vécu dans ce véhicule qu'ailleurs : la boîte à gants déborde de provisions, fils et batteries s'amoncellent sous le siège passager, et il y a même un change complet sur la banquette arrière. Dans les virages, tout ce bric-à-brac cogne et choque contre la carrosserie comme les billes d'un bâton de pluie. Je laisse le véhicule se dégrader à dessein : entretenu, il attirerait l'attention.

Sur Lisieux et les alentours, j'épilogue : c'est comme on s'imagine, si tant est qu'il y ait besoin d'imagination pour ça. À mesure que je m'approche, les routes s'étrécissent et la terre mord le bitume. Plus de démarcations, plus de bornes : des talus, des clôtures. À peine suis-je entré dans la ferme de Mylène que les deux pattes de son énorme dogue cognent contre ma portière. Je m'extrais prudemment et m'astreins à ignorer ses grondements, de plus en plus sonores. À l'intérieur, les 100 kilos de Mylène sont également répartis sur le siège, les accoudoirs et le dossier d'un immense fauteuil placé devant la cheminée. De sa canne, elle me désigne une chaise, et me sert d'autorité un verre du blanc qui refroidit à ses pieds. Tout de go, j'attaque : elle m'épuise. Elle ne peut pas, comme ça, rompre les communications dès qu'elle se braque. Il y a, derrière, toute une affaire, des dossiers, des urgences… Elle souffle, de ce souffle qui, filtré par un combiné, oppresse instantanément l'auditeur et, sans vraiment répondre, me dit que notre affaire manque de perspectives. Moi, je suis seul, je peux me permettre de bricoler, mais elle, elle a charge d'âmes, des frais, des locaux : tout ça doit tourner, et ce n'est pas mes petits coups… En clair ? En clair, je redéploie, ou ce sera sans elle.

C'est le moment que choisissent les « âmes » précédemment évoquées pour faire leur entrée. Il s'agit d'un groupe de jeunes femmes que Mylène loge et emploie. C'est leur pause : elles travaillent dans l'ancienne étable, où Mylène a installé un centre d'appels. Pas pour vendre des abonnements au gaz : recrutées pour leur bagout, ces opératrices moissonnent de l'information privée. Au téléphone, elles jouent les fonctionnaires, agents des impôts ou employées de banques et soutirent noms et chiffres à des interlocuteurs le plus souvent âgés. Des numéros de comptes, des arbres généalogiques et des immatriculations de véhicules que Mylène revend au détail à une clientèle de détectives, notaires et journalistes. Le choisi, elle le garde pour nos petits projets.

Je ne suis jamais à l'aise à Lisieux : les pensionnaires de Mylène pouffent dans mon dos, j'ai toujours l'impression de porter une perruque mal ajustée. Cette bande, je ne la connais que sous l'appellation collective des « filles » : c'est ainsi que leur employeuse les désigne, jamais je ne l'ai entendue les distinguer d'un prénom. L'anonymat n'est pas leur seul mystère : leur histoire, d'où elles viennent et comment elles ont croisé Mylène, tout cela est nimbé d'un flou que personne ne dissipe. À ce jour, mes questions n'ont rencontré que mutisme, voire hostilité, ce qui, pour un professionnel de l'information gênante, vaut chiffon rouge. Je cherche, donc, sans résultats.

Ma curiosité, en ce qui concerne ces jeunes femmes, n'est pas qu'instinctive. Dans l'impasse où je me trouve, elles pourraient constituer une issue. Harcelées sur les réseaux, filmées à la dérobée, elles sont d'une génération qui a toujours vécu sous la menace d'une humiliation électronique. Pour se protéger, elles ont pris l'habitude de fouiller les téléphones, capturer les écrans et stocker les photos : c'est une seconde nature. Avoir des associés plus jeunes pourrait m'ouvrir de nouveaux horizons, m'initier à de nouvelles pratiques. Mais bon, je peux toujours rêver : quinquagénaire et délateur, je traîne un parfum de faits divers qui, à cet âge, doit être rédhibitoire.

Je le constate une fois encore : tandis que je parlemente avec Mylène, sa troupe d'opératrices s'est rassemblée à l'autre bout de la salle et chuchote, moqueuses, derrière le paravent de vapeur produit par leurs cigarettes électroniques. Je finis par arracher un compromis à ma vieille complice et quitte Lisieux amer, frustré et plus perdu que jamais.

J'écris « maître-chanteur », mais aucun professionnel n'aurait jamais l'idée de se désigner ainsi. Le corbeau, c'est toujours l'autre : trop décriée, notre charge doit rester lointaine, occulte, presque incompréhensible. C'est par commodité que j'emploie le terme : je suis l'unique lecteur de ce journal.

De manière tout à fait inattendue, j'ai croisé aujourd'hui les « filles » de Mylène dans la rue. Disposant d'un jour de libre, elles étaient venues faire les boutiques à Paris. Narquoises, elles m'ont tancé, puis sommé de leur payer un verre. Je n'avais rien de mieux à faire : nous avons bavardé. Loin de Lisieux, elles n'ont plus cette pose glaçante, se montrent même vives et enjouées. Mylène, je le devine, doit leur peser comme un joug. « C'est vrai qu'avec elle, on ne fait pas ce que l'on veut », concède l'une d'entre elles. « En même temps, la reprend une autre, on n'a jamais été aussi libres : un toit, une paye, les amies… tout ça a un prix. » Si le 4×4 de

Mylène ne s'était, un jour, garé devant l'abribus où elles tuaient le temps à coups de pierres, elles seraient, à coup sûr, asservies de la pire façon : par un mari, un dealer, un conseiller pénitentiaire ou autre. Mylène les a affranchies, il n'y a pas d'autre mot. Au prix d'une nouvelle entrave, c'est sûr, mais quand même.

De verre en verre, une bonne partie de l'après-midi s'est écoulée, et j'étais presque déçu quand elles ont dû décamper pour un dernier *round* de shopping avant le train. Est-ce leur jeunesse ? Il y a longtemps que je n'ai connu telle gaieté : dans une bruyante mêlée, elles ont, sans succès, voulu me faire avouer la nature de mon association avec Mylène, tandis que j'essayais, de mon côté, de savoir d'où elles venaient, et ce qu'elles pouvaient bien faire avant de connaître leur bienfaitrice. Elles n'ont rien lâché, et cette partie à sommes nulles m'a distrait de mon habituel gros jeu, des dents serrées et des paumes moites. Je ne serais pas fâché de les revoir.

Il faut dire qu'au fil des ans, ma vie sociale s'est réduite à presque rien : l'exercice du racket éclaircit les carnets d'adresses plus sûrement qu'une maladie. Isolé, on ne socialise plus qu'entre acolytes : Mylène, le Bon Père, quelques autres, forment l'essentiel de mon cercle. Mais les professionnels, même compétents, sont rarement de bons compagnons. Surtout dans ma branche. Je pourrais me consoler de virtuel, mais j'ai choisi la solitude et ne côtoie mes semblables que de loin, dans la rue ou les bars, de préférence la nuit. C'est un compagnonnage distant, sans contenu, mais qui pénètre bien plus profond que le bavardage : à observer les gens, à les écouter s'épancher au téléphone ou à les regarder, depuis la rue, passer et repasser devant leurs fenêtres, on attrape quelque chose de plus essentiel que la façade qu'ils présentent au monde.

Quand je sors, j'ai toujours le projet de marcher au hasard, mais mes trajets finissent invariablement par me ramener aux mêmes itinéraires. Le plus souvent, j'orbite l'Étoile : de fréquents séismes perturbent cette zone de subduction. C'est là que les digues craquent, que les visages s'effondrent. J'ai gardé de mes années de photographies l'impératif presque catégorique de voir au plus près : il faut être là quand les portent battent, les cortèges glissent et les talons, *staccato*, frappent le trottoir. Alors je traîne, et regarde à m'en abîmer les yeux.

À force de tourner, parfois, je cesse de voir ce que j'ai déjà trop vu. C'est le cas en ce moment. Pour ne rien arranger, mon téléphone tinte presque continûment des reproches de Mylène : rien ne rentre ! Qu'est-ce que je fous ? Pas une affaire en cours !

Comme j'ignore ses messages, le ton monte, jusqu'à la rupture : elle en a soupé, elle arrête. Je n'ai qu'à me débrouiller ! Pour solde de tout compte, elle m'enfonce : si j'étais lucide, je ferais pareil. Que j'ouvre les yeux ! Tout le monde, déjà, s'écarte de moi. Privé d'informateurs, qu'est-ce que je vais devenir ? Je laisse pleuvoir l'opprobre puis, à la première accalmie, j'abonde : elle a raison, bien sûr… C'est moi, je me suis laissé distraire, j'ai perdu du temps avec une nouvelle martingale… Quoi donc ? Rien qui mérite son attention, vraiment, oublions cela. Je cabotine, jusqu'à ce qu'elle marche : arrête de tortiller, raconte ! Non, non, me fais-je encore prier. Elle passe aux majuscules – PARLE – et c'est sur les ailes d'une ivresse légère que je reprends le chemin de Lisieux, tambourinant sur le volant et chantant, si c'est possible, encore plus faux qu'à l'ordinaire.

À la ferme, le comité d'accueil est fébrile : alors ? Je joue l'avantage et demande à élargir mon audience aux jeunes pensionnaires. « Elles écoutent déjà », grogne Mylène. Et effectivement, à cette mention, la bande émerge du couloir et, pas gênée, vient s'asseoir en cercle. Je commence mon exposé par un grand tableau de la conjoncture chantagière : le défi technologique… la concurrence… la pression policière… Les filles, qui, il y a peu encore, prétendaient ignorer mon activité, ne manifestent aucune surprise : Mylène a dû les mettre au courant. Je poursuis : pour bien comprendre ma proposition, il est nécessaire de remonter l'Histoire (protestation silencieuse : un cours, sérieux ?). Dans les années 1930, un avocat parisien peu scrupuleux du nom de

Georges Anquetil lança une série de journaux. Les plus célèbres furent *Le Grand Guignol* et surtout *La Rumeur*. Ces titres avaient une particularité : à intervalles réguliers, ils paraissaient amputés de leur contenu, ne proposant, à la place des articles, que des pages blanches. Les revenus de Georges Anquetil provenaient en effet non de ses lecteurs, mais de ses sujets : ciblant des personnages en vue, il furetait dans leurs placards et, une fois les cadavres exhumés, leur consacrait de longs articles, barrés de manchettes infamantes. La veille de la publication, il allait à la rencontre des intéressés et leur soumettait ses œuvres. Découvrant leurs turpitudes pleine page, ceux-ci, aux abois, s'enquéraient d'un arrangement. Trop heureux d'obliger, le journaliste acceptait, au nom (quoi d'autre ?) de la protection des familles et de la sauvegarde de l'économie nationale. Sa recette a prospéré jusqu'à la Seconde Guerre mondiale, et Anquetil aurait certainement fait son miel des secrets de la collaboration s'il n'avait, comme tant d'autres innocents, succombé au conflit.

Ce que je propose, c'est d'adapter les méthodes de Georges Anquetil à l'époque moderne et de créer un site Internet qui monnayera ses révélations. La plateforme sera évidemment domiciliée dans un pays lointain, hors d'atteinte de la justice française, mais, ce détail excepté, tous les autres procédés demeurent : éléments à charge, titraille tapageuse et inquisition vénale.

Les filles sourient dans le vague. Pour donner corps à leur rêverie, je tire de ma poche un exemplaire corné de *La Vache enragée*, les Mémoires du romancier Léo Malet. Le créateur du détective Nestor Burma y raconte ses débuts dans le Paris d'avant-guerre, et les petits métiers qu'il exerça avant de connaître le succès. Parmi ceux-ci, rédacteur de feuilles à chantage. « Les maîtres-chanteurs, ils faisaient plutôt un travail de salubrité publique, philosophe Malet. Lorsque le tirage n'était pas mis au pilon, après paiement, la vente dans les kiosques se faisait à un rythme olympique. Les gars qu'on traînait plus ou moins dans la merde s'empressaient de rafler le plus possible d'exemplaires. Grosse vente assurée ! » Sur la corporation, Malet n'a que des mots aimables : « C'était marrant, cette faune ! C'étaient des redresseurs de torts, finalement ! Maintenant, quand on raconte ce genre d'histoire, certains font la fine bouche ! [...] Aujourd'hui, évidemment, tout est pur, clair, net... »

Mylène arrête ma lecture d'un geste. Peu portée au compliment, et encore moins à l'effusion, elle concède en grommelant que je tiens là quelque chose. Je quitte Lisieux doté de bocaux de confiture dont l'entrechoc, sur la banquette arrière, ajoute une note cristalline au brinquebalant concert de mon véhicule.

Moi qui n'ai jamais attiré que les vaincus, et les revanchards, je suis secrètement flatté que des jeunes femmes puissent envisager mon art comme une orientation séduisante. Pour ma génération, le chantage est toujours demeuré une pratique confidentielle. Les rares à s'y intéresser agissaient par un très provincial goût du scandale, le même qui, dans toutes les salles d'attente de France, use les pages des magazines et décolore les photos de célébrités.

Pour fêter ma popularité naissante, j'apprends les noms : si je dois travailler avec cette bande, je ne peux plus, comme Mylène, les traiter en collectif. Pour m'aider, j'apparie patronyme et physique : il y a Fanny (tatouage cheville) ; Maeva (cicatrice sourcil) ; Audrey (taches de son), Léna (piercing oreille), Manon (grain de beauté lèvre), Jade (fossette) et Lilou (racine brune, en espérant que ce choix soit définitif). De droite à gauche, et de gauche à droite, je m'exerce. Elles s'amusent de mes efforts, jouent à m'égarer. Je tiens bon.

Dans les semaines qui ont suivi mon exposé, la troupe m'a submergé, depuis Lisieux, de propositions brouillonnes. J'ai dû tempérer leur enthousiasme : l'extorsion est un artisanat où le sur-mesure est la règle. Comme une coupe de tailleur, le stratagème doit épouser l'objectif : réfléchir *in abstracto* ne conduit qu'au désastre.

Mises en garde sans effets : pressé d'en découdre, le groupe persiste dans son bombardement de messages multicolores et d'icônes animées. Je ne sais que faire de cette accumulation de raccourcis clavier, de personnages joufflus et de liens bleutés, tandis qu'elles s'impatientent. Alors ! quand est-ce qu'on commence ?

Par émoji interposé, je lève les bras : elles n'y pensent pas ! Trouver l'objectif, identifier son point faible, tout cela prend du temps ! Avant de piéger, il y a quelques semaines, un maire adjoint et son amant promoteur, j'ai commencé par m'assurer qu'ils étaient suffisamment riches pour payer. Ensuite j'ai reconstitué la liaison, localisé les rendez-vous, et monté l'embuscade : des semaines de boulot !

Pour ? Pour rien ! À peine Mylène avait-elle pris le relais que des *selfies* du couple sont apparus sur Internet. Des concurrents ? Peut-être, mais je ne pense pas : ça a été trop vite. Ou alors c'est toi qui es trop lent, glisse-t-elle, malicieuse. De toute façon peu importe : dans le chantage, pas de second. Donc tu as laissé tomber ? Tout de suite : un dossier éventé a perdu toute valeur.

Je ne goûte guère ces conversations menées à distance et à bride abattue. Si je tarde à répondre, elles me relancent, tout en s'interpellant au cœur même de l'échange dans un carrousel débridé qui, périodiquement, trébuche mais dont elles savent toujours s'extraire quand il me faut, moi, lutter contre l'ensevelissement des messages qui cascadent. Je plaide pour un sursis, une rencontre qui rendrait la discussion plus fluide, mais en vain : à quoi bon, disent-elles ? Sur écran, au moins, on n'oublie rien.

Précisément. Dans le chantage, l'écrit ne doit servir qu'à la menace. La première règle, c'est d'éviter les traces. Cette affirmation interrompt brutalement la chute des phrases puis, comme un film qui repart en arrière, l'abolit : les messages s'effacent dans l'ordre inverse de leur arrivée, jusqu'à ce que l'écran soit redevenu complètement vierge. Très bien. Écrire est un anathème dans notre branche : le moindre mot peut s'incarner comme un ongle.

Je mesure le paradoxe que constitue, de ma part, une telle injonction au silence. Si je persiste à écrire ce journal, c'est par bravade, et pour pallier l'isolement. À force d'effacer ses empreintes, on floute ses souvenirs, et on finit par perdre tout repère : j'ai vu trop de collègues s'enferrer ainsi. Et puis la chronique permet de conjurer un second risque, celui de l'agression. Mon activité, je l'ai dit, est très décriée : l'attentat y est un risque permanent. Aussi, dès que je me sens menacé, je fais état de mes annales : le plus souvent, cela refroidit. Jusqu'ici, j'ai survécu.

Le site s'appelle *Effraction*, « publication indiscrète à parution irrégulière ». C'est le Bon Père qui assure l'intendance : ses inclinaisons personnelles l'ont très tôt porté vers les réseaux. Les paiements se font à distance, grâce aux devises électroniques, anonymes et sécurisées. Jusqu'aux premiers versements, j'étais sceptique. Mais tout fonctionne : THE WORLD IS YOURS, en lettres lumineuses de quatre mètres de haut.

Que faire d'un bolide ? Le pousser en côte, pour voir les performances ! J'ai donc cherché un circuit où faire rugir notre moteur. Écartant les épreuves trop classiques, j'ai cherché des virages en épingle, des pneus qui crissent et des tribunes décoiffées par le souffle de la vitesse. Mais quoi ? Hormis l'adultère, la pédophilie reste une valeur sûre, mais le Bon Père, qui connaît le sujet, me met en garde : si l'on n'a pas le goût, les images indisposent. Et un scandale sans spectateurs... Passons. J'oublie aussi le patrimoine, et les abus patronaux : j'en ai longtemps fait mon miel, mais aujourd'hui, c'est partout. Ni frais de bouche, ni harcèlement, donc : qu'est-ce qui choque encore ?

Le sang : voilà un domaine libre de concurrence ! Le XXe siècle a été celui du fils caché, le XXIe pourrait être celui de l'usurpation d'ascendance. L'accident de généalogie a longtemps été impossible à établir : on se contentait de murmurer que tel royal cadet était trop roux pour être le fils de son père, et les choses en restaient là. La génétique est venue simplifier les choses. Ensuite, ce n'est qu'une affaire de cible. Avec une famille où le nom vaut rente, on est assuré de faire mouche. Un père occupé à transmettre l'entreprise familiale à ses enfants supportera-t-il d'apprendre qu'ils ne sont pas de lui ? Un fils capitalisant sur son patronyme pourra-t-il survivre, coupé de sa lignée ? Plan de bataille ! Conseil de guerre ! Je suis prêt à pointer mon bâton de commandement sur des cartes d'état-major.

Entreprise, Mylène est séduite. Quant aux filles, elles battent des mains. Tout de suite on établit des listes, privilégiant les filiations dissemblables : un fils qui ne partage aucun trait du père a plus de chance d'être illégitime. Quelques candidats se dégagent, dont l'un, nettement : fils d'acteur, acteur lui-même, il a fait de son nom franchise, à tel point qu'il s'apprête à incarner son propre père dans un film historique. À l'écran, la ressemblance est qualifiée de saisissante, mais de près et sans retouches, les deux hommes n'ont que peu de traits en commun. Je joue au général, donne des directives, dessine un plan. En position !

Le premier ordre de mission va au Bon Père : déblayer le terrain et circonvenir l'objectif. Depuis que je me le suis attaché, le prêtre me sert de documentaliste. Oh, ça ne s'est pas fait tout seul. Sans ressources, humilié, il a d'abord accepté de classer mes dossiers. L'ouvrage, disait-il, lui occupait l'esprit. Mais l'hébétude n'a pas duré : ressaisi, il a voulu se reconstruire, et retrouver une situation. J'ai proposé d'aider, bien sûr, mais, étrangement, aucune de ses démarches n'aboutissait. Pour cause : je m'arrangeais chaque fois pour que ses interlocuteurs connaissent son histoire, et voient mes photos. Il revenait de ces entretiens brisé et moi, par contraste, je le couvrais de bienfaits. Comme une plante tropicale dont on lustre patiemment les feuilles, sa gratitude croissait. Jusqu'au jour où je lui ai demandé un service. Oh, trois fois rien : un petit repérage. Pour en avoir été victime, l'homme n'ignorait rien de mon art : il a refusé. Hors de question de devenir mon complice ! Devant cette ingratitude, je me suis renfrogné : très bien, très bien, n'en parlons plus. Trois jours, il a tortillé ! Jusqu'au matin où, un peu honteux, il m'a remis son rapport. Je l'ai parcouru en silence, avant de le féliciter pour les détails : tout à fait ce qu'il me fallait ! Il s'est justifié : c'était facile, les individus qui m'intéressent sont d'anciens paroissiens. J'ai souri à la coïncidence, dont je n'ignorais rien : c'est elle qui avait motivé tout mon stratagème. C'était sa première entorse au secret de la confession. Après, il y en eut d'autres, beaucoup d'autres, tout un catalogue, en fait. Et c'est sur ces entrefaites trois fois bénies que notre association s'est nouée.

Au téléphone, il grommelle : il n'aime pas l'idée, le fils de l'acteur, c'est trop beau, on va dans le mur (le Bon Père n'a pas l'enthousiasme facile). Et les prélèvements, vous y avez pensé aux prélèvements ? Pour établir une filiation, il faut prélever. Pas d'inquiétude, ricane Mylène en louchant sur les filles : on a des troupes de choc !

L'empathie n'est pas exactement mon fort : j'ai assisté sans réagir à des humiliations qui en auraient bouleversé plus d'un, et mon domaine d'activité n'est pas, on s'en doute, venu m'attendrir. Étaient-ce les liens naissants que je tissais avec les filles ? Je n'ai pas supporté le regard visqueux que mon associée coulait sur elles, et j'ai brutalement cinglé qu'il était évidemment hors de question d'aller au contact nous-mêmes, par sécurité d'abord, par décence ensuite ; que, plus largement, je commençais à en avoir soupé de son perpétuel numéro de maquerelle, et qu'il allait falloir changer de registre.

L'affront a transformé Mylène en pulsar de haine : pour qui je me prenais, à lui parler comme ça ? Frappant le sol de sa canne, elle s'est mise à écumer, mais très vite le souffle lui a manqué, et j'en ai profité. Pour les prélèvements, ça sera Herr, ai-je décrété. Chirurgien radié, l'homme s'est reconverti dans le courtage. Il sait retrouver une célébrité opérée sous pseudonyme et vérifier l'authenticité d'une anatomie. Mais il est cher, et surtout désagréable : solliciter Herr, c'est payer double, en numéraire et en amour-propre. En l'occurrence, nous n'avons pas le choix, il va falloir en passer par là. C'est moi qui me chargerai de la besogne, l'oiseau est une vieille connaissance.

Plus tard, elles me mettront en garde : que je n'aille surtout pas m'attendre à de la reconnaissance ! Elles ont apprécié mon éclat envers Mylène, mais elles n'ont pas besoin d'un chevalier. Ni d'un mentor, d'ailleurs, ou quoi que ce soit de ce genre. Elles se débrouillent. Elles savent se défendre. Que je me le tienne pour dit.

Elles sont jeunes, je suis quinquagénaire, maître-chanteur de surcroît : comment ne pas comprendre leur défiance ? J'ai failli leur dire de ne pas s'inquiéter, que mes goûts me portaient ailleurs, et qu'elles n'avaient rien à craindre. Mais je me suis tu. Si elles en valent la peine, elles découvriront tout cela d'elles-mêmes. Peut-être même le savent-elles déjà. Elles ont du potentiel, c'est indéniable. Le meilleur signe, c'est qu'elles ne semblent avoir aucun remords quand je n'ai, malgré mes trente ans de carrière, jamais réussi à complètement me débarrasser d'une culpabilité diffuse.

Leur adhésion à mes projets semble sincère, en tout cas, et secrètement motivée.

Le déménagement, hystériquement médiatisé, du nouvel attaquant star de l'équipe de football parisienne, présente, au-delà des flashs, quelques zones d'ombre.

Il y a d'abord la collection d'armes du joueur. Tireur fanatique, il a bénéficié d'une étonnante mansuétude de la part des douanes françaises, habituellement plus enclines à vérifier la provenance de fusils automatiques, surtout quand les certificats d'origine sont manifestement contrefaits.

Il y a aussi et surtout la jeune femme qui, depuis plusieurs années et à l'insu de la famille idéale que le joueur met complaisamment en scène, le suit dans tous ses déplacements. Le club a trouvé à cette accompagnatrice un logement à quelques encâblures du domicile de sa nouvelle recrue : les deux tourtereaux peuvent presque se faire signe de fenêtre à fenêtre.

Mis en ligne le 07/05/16 à 01:04
Supprimé le 08/05/16 à 22:13

Il ne faut jamais cracher sur les petits coups de main, surtout tombés du camion. En l'espèce, littéralement : le footballeur, c'est un déménageur qui m'en a parlé. Le transport, vecteur clé de l'information : divorce, maladie, ruine… le convoi renseigne sur tout !

Plutôt que d'attendre les tests de l'acteur, on a donc profité de l'aubaine et lancé *Effraction* avec cette histoire de sportif, jugeant le ballon rond suffisamment solvable pour tester notre formule. Nous n'avons pas été déçus : en moins d'une heure, ça a réagi. Investissements lourds, la réputation des footballeurs est surveillée plus étroitement que les cours de la Bourse. Sans même feindre l'indignation, ou nous menacer de plainte, les avocats du club ont pris contact. En pied de la page d'accueil du site, un avertissement sibyllin invite en effet « les lecteurs qui pourraient se trouver affectés par les informations d'*Effraction* » à écrire à la rédaction. Suit une adresse e-mail qui, par sécurité, ne nous atteint qu'au terme d'une longue série de coupe-circuits.

Manifestement rompus aux tentatives d'extorsion, nos interlocuteurs ont demandé une « estimation » pour l'ensemble : « le paru et l'à paraître ». J'ai estimé large : le joueur est célèbre, son visage décliné partout, depuis les couloirs d'aéroports jusqu'aux étiquettes de boissons gazeuses. La négociation a été serrée mais j'ai fini par obtenir un peu moins de la moitié de ce que je demandais (assorti, pour la forme, d'une très explicite promesse d'annihilation si l'histoire reparaissait ailleurs). J'ai redistribué le butin en parts égales à Mylène et aux filles, sans oublier mon manutentionnaire, sidéré de l'aubaine. L'homme est voyeur : le déménagement n'est qu'une raison sociale. On s'est rencontré en planque : je guignais pour des photos, lui pour le plaisir. Depuis, on s'entraide.

Nous souffrons, nous autres maîtres-chanteurs, d'un opprobre immérité : nous sommes universellement considérés comme des sadiques, des pervers se gobergeant de larmes. Rien n'est plus faux : pilotes de bombardier, nous ne sommes jamais témoins des tourments que nous infligeons. Tout se fait à distance et, bien souvent, dans l'abstrait. Loin d'être des prédateurs, nous serions même plutôt des victimes : si nous mordons, ce n'est que par crainte d'être mordus. Que la menace soit réelle ne change rien à l'affaire : empiler les scalps nous procure un sentiment de sécurité.

Ensuite, on rationalise, mais les choses se réduisent souvent à cela. J'ai mis des années avant d'en prendre conscience. Prenez Herr, dont le sentiment de culpabilité est presque aussi visible que la calvitie qu'il masque sous le rabat de ses ultimes mèches : saboter des vies le rassure et lui donne l'impression de surseoir au désastre. De quoi a-t-il peur ? Si je le savais, je cesserais de traiter avec lui : quel crédit accorder à un livre ouvert ? Du Bon Père seul je connais la honte. Mais c'est parce que je l'ai suscitée. Des autres, je ne sais rien. Et moi ? Ce journal est déjà un affront aux règles de la prudence, je ne vais pas, en plus, m'y livrer : je connais trop le prix des traces.

Je prends ces notes en attendant Herr. L'éminent praticien m'a donné rendez-vous dans un bar d'hôtel (l'homme ne se traite que dans l'acajou). Évidemment, il est en retard : mon gin tonic se délaye dans les glaçons.

L'âge, assurément, ne bonifie pas Herr : il est chaque fois plus mauvais, plus avide, plus retors. Mais il faut bien reconnaître que son service est impeccable. Délesté d'une somme exorbitante, j'ai reçu 24 heures après notre rendez-vous une synthèse de l'histoire médicale de la cible, assortie de celle de son père, ce qui, étant donné la célébrité quasi planétaire des deux personnages, ne représente rien moins qu'un petit exploit. Le commerce d'Herr est alimenté par un réseau de fidèles, secrétaires, laborantins, morticoles, autant de rouages invisibles, mais essentiels, de la bureaucratie médicale. Pratiqués du temps de sa splendeur, cultivés après sa chute, il connaît la frustration de ces personnages, anticipe leurs désirs. Ils lui sont reconnaissants.

Il a tenu à m'apporter les documents lui-même, « au cas où j'aurais besoin d'explications ». Pas de lieu public, bien sûr : à mon grand déplaisir, j'ai dû l'accueillir chez moi. Debout dans mon petit salon, Herr inspecte le décor tandis que je tente de déchiffrer courbes et tableaux. Le sang, naturellement, me retient : un père de groupe O peut avoir un fils A ? Seulement si la mère est A, explique Herr : le gène est codominant (je hoche la tête d'un air que j'espère entendu : il ne veut pas ôter son manteau ? Il est très bien, merci. Je devine qu'il juge la propreté de mon logement douteuse et veut éviter tout contact avec des surfaces). C'est la paternité qui t'intéresse ? hasarde Herr. Je ne réponds pas. Si c'est le cas, poursuit-il sans paraître remarquer mon silence, le rhésus ne sert à rien : pour la filiation, il te faut l'ADN. Mais en France, tu ne trouveras personne pour l'analyser. Je balaie : et alors ? J'irai ailleurs.

Ton problème, continue Herr, ignorant l'objection, ça va être le prélèvement. La solution est page 7, me dit-il en louchant sur le dossier qu'il m'a remis. Dernière ligne. Observant ses instructions, je lis que le père de ma cible, l'acteur célèbre, a rendez-vous dans deux semaines à

Cochin. Ça sera l'occasion, propose Herr : tu te déguises en infirmier et tu prélèves. Je me raidis : ça ne serait pas plus facile si lui, Herr, procédait ? Il connaît les lieux, les usages… Je ne fais jamais d'opérationnel, coupe-t-il d'un ton pincé : ça et le cloisonnement, c'est le secret de ma longévité. Mais je peux te trouver un badge, si tu veux, et même une blouse. Pour te donner contenance.

Voilà comment je me suis retrouvé, un matin, affublé d'un uniforme trop large, dans les couloirs d'un hôpital dont j'avais préalablement appris le plan par cœur. Sous le bras droit, une fausse feuille de soins et, en poche, un jeu d'écouvillons stérile. Pour décourager les échanges, j'affectais une attitude bougonne.

Quand j'ai atteint sa chambre, mon sujet était au téléphone. D'un geste, je lui ai intimé l'ordre de raccrocher puis, enfilant des gants chirurgicaux, ai annoncé que j'allais effectuer un prélèvement buccal. « En quel honneur ? » a demandé une voix de femme juste derrière moi. Sans me retourner, j'ai feuilleté mon bloc, et évoqué d'anciens examens à préciser. Mon interlocutrice, élégante et peu convaincue, est entrée dans mon champ de vision, croisant les bras en signe de défiance. Je ne me suis pas démonté : « Vous êtes de l'hôpital ? » lui ai-je demandé. Elle n'en était pas. « Médecin traitant, alors ? » Non plus. J'ai écarté les bras : dans ce cas… Je me suis tourné vers l'acteur, et ai répété que j'allais effectuer un prélèvement buccal. Il a jeté à l'intervenante un air d'impuissance et a docilement ouvert la bouche. Une fois la tâche accomplie, j'ai rangé l'échantillon, salué l'assemblée et reculé vers la porte : je voulais à tout prix éviter un face-à-face avec des « collègues ». Ce fut de justesse : dans le couloir, deux professeurs remontaient vers la chambre. Je me suis servilement écarté pour les laisser passer.

Sitôt le père ponctionné, il faut traiter le fils. Sur les réseaux, on le voit beaucoup sortir : Jade et Lilou proposent d'aller, un soir, escamoter son verre. Je décourage : on parle de tests médicaux, un minimum de méthode est nécessaire. Que fait-il d'autre ? D'autre que la bringue ? De la boxe.

J'ai travaillé mon ouverture. « Bonjour, je suis de la Fédération. » Les boxeurs disent peut-être la « fédé » ? « Bonjour, je suis de la FFBoxe… » Trop-plein. « Bonjour, c'est Pantin qui m'envoie » (le siège de la fédération est dans cette ville). Bien mieux. Devant mon miroir, j'enchaîne : « C'est pour l'examen des adhérents. » Plus simple : « C'est pour la visite annuelle. » Pas mal : « Bonjour, c'est Pantin qui m'envoie pour la visite. » Parfait. J'ai loué à Herr une sacoche et un caducée et ce n'est que devant la porte du gymnase que je me suis rendu compte que je m'apprêtais à entrer dans une assemblée dont l'uppercut était le hobby. La porte s'est ouverte avant que j'aie le temps de flancher : « Oui ? » J'ai tendu la main, bafouillé ma tirade. Moue dubitative. Posément, je me suis repris. Pas mieux. Fort heureusement, quelqu'un a appelé mon interlocuteur et, sans attendre son retour, j'ai commencé à solliciter les usagers. En échange d'une palpation du nez et du crâne, je délivrais une attestation sur papier à en-tête. Goguenards, les boxeurs se laissaient faire. Ma cible frappait un sac dans un coin, j'avançai vers lui en crabe.

Mon examen s'est arrêté à la mâchoire (« Vous avez reçu des coups, ici ? »). S'inquiétant d'être privé d'une attestation dont il ignorait l'existence quelques minutes auparavant, le sujet a accepté d'ouvrir la bouche. Usant d'un écouvillon comme abaisse-langue, j'ai fouraillé cinq minutes, le temps que l'ADN fixe, puis l'ai paternellement rassuré, et gratifié du papier. Maintenant, fuir. Pas trop vite pour ne pas attirer l'attention, mais sans s'attarder non plus. « Les toilettes, s'il vous plaît ? » Les lieux étaient, hélas, aveugles. Volte-face. En traversant les vestiaires, j'ai avisé, dans une vitrine, un sweat aux couleurs du club (prix : 29 euros). D'un coup de pince chirurgicale, j'ai forcé le panneau, passé le vêtement, remonté la capuche et placé ma sacoche sur mon ventre, sous le molleton. Désormais, garder le cap. Du pas légèrement accablé d'un homme sonné par un exercice trop intense, je me suis dirigé vers la sortie. Borné par les coutures du rabat, mon champ de vision ne manifestait rien de notable. La porte n'était plus qu'à vingt mètres lorsque retentirent des éclats de voix : un boxeur s'était blessé et on cherchait un médecin, mais si, celui qui était là il y a deux minutes. L'agitation, alentour, était devenue difficile à ignorer : des gens me frôlaient, des groupes se formaient. Me retourner, voire lever la tête serait revenu à me découvrir. Alors j'ai mobilisé tous mes muscles pour garder l'allure, et la pose, quitte à me signaler par mon indifférence. Ce n'est que bien plus tard, le front posé sur le plastique du volant, que j'ai repris mon souffle.

À rebours de l'adage, bon sang, parfois, sait mentir. Prenons une dynastie d'acteurs (notre photo). Le père, légende du cinéma français, veille aux intérêts du fils, qu'il a imposé dans son prochain film. Et pas n'importe lequel : il s'agit d'une reconstitution des années 1960 dans lequel le fils incarne… le père, avant qu'il ne devienne acteur. Savamment distillés dans la presse, les échos de tournage insistent sur la ressemblance « frappante » entre les deux hommes. Un saisissement qui doit plus au talent des maquilleurs qu'à la morphologie des sujets. En effet, et malgré les attendrissantes photos de famille largement distribuées aux magazines, le fils n'est pas du père. Une bâtardise tenue soigneusement secrète par le clan, qui vit dans la crainte qu'une révélation n'hypothèque le nom et ses très rentables déclinaisons : parfums, vêtements, vignobles, etc.

Rédigé le 25/11/16 à 23:09
Jamais mis en ligne

Je jubile, mais je suis bien le seul. Oh, personne ne proteste, et tout le monde a diligemment pris sa part. Mais ça manque d'entrain… Pour le footballeur, on avait pavoisé toute la nuit. Cette fois, malgré notre succès, je suis le capitaine de la croisière qui s'ennuie : seul sur le pont, en uniforme d'opérette, devant un coucher de soleil aux airs d'écran de veille.

Pour Mylène, je devine : obscurément, elle pressent la fin. Avec le site, et le paiement en ligne, plus besoin de contact et, donc, plus besoin d'elle. Notre vaisseau est désormais furtif, et Mylène voit se profiler l'impotence, la vie sans vagues et les filles qui se détournent. Et puis il y a ses goûts : peut-elle les laisser inassouvis ? Mylène aime la presse, et le râle des victimes. On n'étrangle pas à distance.

La nouvelle donne rebute aussi le Bon Père. Tout le monde s'en tire trop bien ! On trouve, ils paient, pas de vague : limite, on rend service !

Blanchiment de linge sale à domicile ! Il bougonne et s'agite dans son nid, vaste pièce circulaire capitonnée de dossiers. La rumeur des Boulevards, en contrebas, est comme éclipsée par cet immense chuchotement d'alcôve. Il élargit le bras : je n'ai tout de même pas réuni tout ça pour que les coupables restent au chaud ! Les coupables ? Il se corrige : si je disais les pécheurs, tu ricanerais. Ses choix lexicaux me passent toute envie de rire : les pécheurs ? Eh oui ! Considère ma chute, dont tu fus l'instrument. Pourquoi suis-je tombé ? Parce que je t'ai vendu, pardi ! On l'a suffisamment raconté... Pardon : ça, c'est l'explication séculière. Ce que je te demande est d'une autre nature : ma déchéance, qu'accomplit-elle ? Je suis de moins en moins à l'aise mais, sans paraître le remarquer, il poursuit : elle châtie, évidemment ! Mais dans le même temps, et c'est là l'essentiel, elle rédime. Il sourit : tu as été le vecteur de la Providence ! D'une voix dont je m'efforce de contrôler le tremblement, je sollicite des précisions. Oh c'est simple : en me précipitant à terre, puis en m'enrôlant dans tes troupes, tu as été mon chemin de Damas ! Pour racheter mes fautes, il m'a suffi de transformer ton négoce en punition. Il parle sur un ton d'évidence, comme si le plan divin était une carte routière sur laquelle il promenait son doigt. Par ton entremise, je suis devenu Son glaive (j'ai entendu la majuscule aussi nettement que si elle avait été imprimée). Devant mon air atterré, il ajoute, patelin : oh mais ne t'inquiète pas, ma grâce est aussi la tienne ! Sourire figé, sueur glacée : je suis comme le badaud qui, palpant machinalement des fruits à l'étalage, sentirait sous ses doigts les carreaux d'une grenade.

Toute cette bile, il faut bien l'avouer, gâte un peu ma joie, la joie saine du chantage, celle des buffets qui s'effondrent et des fous rires dans les cimetières, celle du beau gâchis, des cendres en confettis, et des menaces en serpentins. Il n'y a que les filles pour lever les bras avec moi, et cette fête nous rapproche un peu plus. Vidant à la chaîne des verres d'alcools sucrés et, parfois même, fluorescents, elles me harcèlent pour que je fasse, une fois encore, le récit de mes métamorphoses en aide-soignant, et des rebondissements qui s'ensuivirent (me priant, s'il te plaît, de ne pas passer trop vite sur les détails).

Depuis quelques semaines, elles ont pris l'habitude de s'inviter chez moi, sous les prétextes les plus divers. Sans prévenir, elles toquent à ma porte, envahissant ce qui me tient lieu de salon et s'amusant de l'indigence du décor (« Tu reçois ici ? »). Le chahut retombé, la conversation porte inévitablement sur *Effraction* : les campagnes en cours, les projets, etc. Elles veulent tout savoir, ont un avis sur tout. Les premières fois, il faut bien le reconnaître, leur enthousiasme n'a suscité chez moi qu'une condescendance amusée, celles qu'on accorde aux jeux de marchandes ou aux sculptures en pâte à modeler. Mais très vite leurs remarques ont fait mouche, et j'ai commencé à leur prêter une oreille nettement plus attentive.

Ce sont elles, par exemple, qui m'ont conseillé de troquer au plus vite notre magot électronique contre des devises, moins volatiles. Elles connaissent leur sujet : avant de les associer à nos affaires, l'une des toutes premières tâches que leur confia Mylène fut de blanchir nos rançons, mêlant les billets que nous extorquions à la caisse des bars et boîte de nuit qu'elles fréquentaient alors. Le cash poissait un peu, mais revenait sans traces. Avec les monnaies digitales, évidemment, c'est moins facile. Mais Manon m'a expliqué qu'il existait des individus qui, au terme de savants jeux d'écriture, savaient transformer les trésoreries virtuelles en liasses craquantes. Seul inconvénient : les modes de livraison, conçus pour limiter les contacts, pouvaient être acrobatiques : l'argent était enterré en forêt, ou bien déposé dans les casiers d'une piscine municipale…

La familiarité qui s'ébauche avec la petite bande ne m'est pas naturelle. Crabe rétif à la promiscuité, je suis régulièrement saisi de brusques sursauts de méfiance, des rejets qui, d'un coup, peignent mes nouvelles amies aux couleurs les plus noires et les anime de toutes sortes de desseins retors. Leur franchise seule sait modérer ces accès. Jolies, les filles ne sont jamais aguicheuses alors que tout, ma gaucherie et mon isolement manifeste, devrait les inciter à user de leurs charmes. Mais pas du tout : tour à tour blagueuses ou bourrues, elles gardent leurs distances, limitant notre commerce à une proximité chaleureuse mais totalement dépourvue de suggestion sexuelle.

Dans ce domaine, comme dans d'autres d'ailleurs, il ne faut pas être grand clerc pour deviner que ma vie a pâti de mon commerce : on ne colporte pas la honte sans que celle-ci, tenace, s'attache. On n'éprouve pas la peau sans que la sienne, mécaniquement, se dérobe. Le désir, seul, reste à vif.

Leurs propres élans, pour ce que j'arrive à en percevoir, sont d'une tout autre nature : c'est mon projet, plus que moi-même, qui les intéresse, et leur ardeur est avant tout entrepreneuriale. Ce qu'elles veulent, c'est être pleinement associées au développement de mon activité. Parce qu'elle est lucrative, bien sûr, mais surtout, je le devine, parce qu'elle est l'instrument d'une revanche. D'où vient cette volonté d'en découdre, et sur quoi veulent-elles l'exercer ? Pour le savoir, il faudrait m'ouvrir, mais trente ans de méfiance m'ont scellé corps et cerveau au plomb fondu. Paradoxe de la momie : rester dans mon sarcophage, ou bien affronter la lumière, au risque de tomber en poussière ?

Chaque jour, les journaux rendent compte du procès de ces adolescents qui, sur les réseaux, ont multiplié les appels au meurtre envers une femme qui professait son mépris des religions. Aussi compromis soient-ils, ces jeunes n'ont été que des jouets d'un individu œuvrant dans l'ombre.

Ce personnage odieux, il n'est pourtant pas très difficile de l'identifier. En passant au peigne fin les ordinateurs des accusés, on découvrirait que plusieurs d'entre eux sont membres d'un groupe de prière en ligne. L'animateur de ce cénacle est un ecclésiastique défroqué, exclu de l'Église pour ses mœurs, et qui s'est persuadé que châtier d'autres pécheurs pourrait racheter ses fautes. Félon, ce prêtre a excité ses ouailles et, s'il n'a pas écrit lui-même les menaces de mort proférées, il porte une lourde responsabilité dans le harcèlement mené par ses fidèles. En cherchant bien, on retrouverait les traces de ses croisés numériques derrière d'autres campagnes : militants poursuivis jusqu'à ne plus pouvoir sortir de chez eux, artistes calomniés jusqu'au délire….

Les autorités désireuses d'interroger ce dangereux marionnettiste le trouveront dans une rotonde placée au sommet d'un immeuble surplombant les Grands Boulevards parisiens.

Posté le 05/06/17 à 13:39
Toujours en ligne

Comme ça, sans prévenir ? Elles n'en reviennent pas. Je les ai mises en garde : dans le chantage, les mèches sont courtes. Alors à tout moment… ??? Elles échangent des regards interloqués. Plus que le lâchage du Bon Père, c'est la brutalité du procédé qui les choque : elles s'étaient figuré une dernière scène, des adieux, une tirade, et pas cette détonation sèche qui fait siffler les tympans.

Le sacrifice du Bon Père, je pourrais le justifier par le danger que représentait sa croisade mystique. Mais je préfère me taire et savourer la nuance d'appréhension qui passe dans le regard des filles. Soudain, j'ai cessé d'être ce personnage débonnaire qui gère son petit commerce en bon père de famille et suis devenu lanceur de couteaux, farouche et imprévisible. Nous sommes assis au soleil, en terrasse sur les Boulevards et, sans rompre l'inconfortable silence qui s'est installé autour de la table, je désigne le sommet d'un immeuble, de l'autre côté de la rue : c'est là-haut qu'habite le Bon Père. Il doit être en train de lire le billet qui l'expose et, dans quelques minutes, va décamper.

La prédiction s'accomplit presque instantanément : hagard, mon curé déboule sur le trottoir, cherchant désespérément un taxi. Nous rentrons la tête mais l'homme est trop bouleversé pour nous voir et monte dans la première voiture qui s'arrête. D'autorité, j'invite tout le monde à passer de l'autre côté de la rue pour, une fois l'artère franchie, distribuer des brassards orange floqués « Police » et des fausses cartes barrées d'un logo tricolore. Je poste Audrey devant l'immeuble, au cas où le Bon Père aurait l'idée de revenir, et pousse le reste du groupe dans l'ascenseur. En réponse à la question muette qui arrondit leurs sourcils, je pointe le doigt vers le haut de la cage d'escalier : « les archives !!! ». Elles n'imaginent tout de même pas que je vais abandonner ce trésor au premier venu.

Le déménagement s'est déroulé sans accrocs, la bande prenant un plaisir manifeste à jouer son rôle, exhibant ses insignes à tout bout de champ et barrant d'un bras impatient le seuil des appartements. Le temps nous était compté : il fallait plier l'affaire avant l'arrivée de la police, la vraie. Ce qui fut fait, mais d'extrême justesse : nous chargions encore des cartons dans le coffre de ma pauvre voiture quand les premières sirènes retentirent. Tout le monde s'égailla, moi dans mon véhicule écrasé sous la charge, elles à pied, par les rues adjacentes.

C'était leur premier coup de main : quand je les ai retrouvées, assises dans ce qui me sert de salon, leurs yeux brillaient encore. D'entrée, elles m'apostrophèrent : c'était trop bien, mais quand même, ça s'est joué à ça (elles écartent les doigts de quelques millimètres). Ça, mesdemoiselles (je reproduis leur geste), c'est la règle de notre jeu. Escampette et muscade, toujours sur le fil !

Elles veulent parler, encore, se saouler d'idées et d'histoires. Dans cette agitation brouillonne, Fanny et Léna évoquent les clubs échangistes, mines d'or de la compromission. J'abrège tout de suite : ces cercles sont régis par une solidarité sans faille. Pardon pour le noir et blanc, mais, en cinquante ans, la seule image d'orgie fut un montage : c'était la fausse photographie de Claude Pompidou, la femme du Président. Mais si, celui du Centre. Bref. Des adversaires voulaient le gêner, et ont sali son épouse. Depuis, rien. Croyez-moi, les baiseurs ne trahissent pas. Pour qu'il y ait félon, il faut qu'il y ait honte. À l'extrême droite par exemple. Là, le Judas prolifère. Mais pas chez les débauchés : eux sont fiers. Vraiment, le fouet, l'échange, fausse piste. Pincées, Fanny et Léna se renfrognent et c'est Jade qui prend le relais.

Sans détourner les yeux de l'écran de son téléphone, elle s'étonne qu'on n'exploite pas les rumeurs qui, obstinément, collent à certaines figures. Vous savez : « Untel est *gay*, enfin ! » ; ou bien : « Unetelle est un homme, c'est connu ! » Est-ce qu'il n'y aurait pas bénéfice à trouver des informations qui viendraient justifier ces racontars ? Est-ce que les intéressées ne paieraient pas très cher pour empêcher des calomnies de prendre consistance ? Une fois encore, je joue l'éteignoir : l'idée, aussi séduisante soit-elle, est mauvaise. S'affilier à la médisance, même de loin, c'est scier notre branche, et perdre tout crédit. Au lieu de nous craindre, nos prochaines cibles n'auront qu'à assimiler nos révélations aux fumées des usines à ragots. Seul le vrai contraint : nos résultats parlent d'eux-mêmes.

Je m'étais figuré guide, je ne suis que triste censeur. Dans leur brouhaha, je ne surnage qu'à contre-courant. Notre association m'apparaît dans toute son incongruité : moi, raide et gris, avec cette équipe joyeuse ? Allons ! Je me vois tel que je suis : un vieil oncle entraîné dans la ronde et qui, en sueur et hors d'haleine, vire sans s'en rendre compte au cramoisi. Il est hélas trop tard pour les mettre à la porte, l'heure du dernier train est passée. Alors je leur abandonne mon appartement, et sors : la ville, bienheureusement, m'ignore.

Par détours successifs, comme un cavalier aux échecs, je repasse par les Grands Boulevards : la lumière brûle-t-elle encore chez le Bon Père ? À la jumelle, tout semble éteint : la perquisition doit être terminée, il n'y avait de toute façon plus grand-chose à saisir. Je tourne à gauche dans la rue Montmartre dont les trottoirs, à mesure que je descends, se peuplent de fantômes. Devant Saint-Eustache, ils sont tout un cortège : à mes débuts, c'est là que je rançonnais. Je donnais rendez-vous devant le numéro 16, prenais livraison des paiements, puis disparaissais derrière un portail aux faux airs d'entrée d'immeuble. L'issue, truquée, masque en réalité un passage, celui de la Reine-de-Hongrie, qui mène rue Montorgueil. Le stratagème est grossier, mais il se révéla efficace, et me permit à plusieurs reprises de semer des poursuivants. J'avais trouvé l'idée dans un de mes bréviaires, un roman-feuilleton du XIXe siècle dont les personnages – il serait sans doute excessif de parler de héros – sont trois maîtres-chanteurs rackettant sans vergogne : *Les Esclaves de Paris*, d'Émile Gaboriau.

Je traverse les Halles, bruissantes de spectres, et bifurque vers le Marais. Le Bon Père avait ses dossiers, moi j'archive à ciel ouvert : les noms, les fiches, tout est là, sous mes doigts. Ma paume glisse sur les façades comme sur des rayonnages : au 23, deuxième étage, l'avocate a son boudoir, et le P-DG son pied-à-terre. J'imagine qu'ils se croisent : se présentent-ils leurs conquêtes ? Le 51, où reçoit une célèbre *escort*, appartient, par un feuilletage de foncières, à l'Église de France. J'ai toujours rêvé d'exploiter cette coïncidence, mais n'ai jamais eu à connaître d'ébats suffisamment scandaleux pour que la révélation, en plus d'être plaisante, soit lucrative.

Rue du Parc-Royal, je pousse la porte du square. Les revenants me serrent désormais de près. Pour éclaircir leurs rangs, j'invoque le premier d'entre eux, l'écrivain-mouchard Restif de la Bretonne. Je prends la rue Payenne, qui longe le jardin, et me place face à l'hôtel où, un soir de 1776, remarquant une femme en pleurs au balcon, Restif fait le serment, Shéhérazade des faubourgs, de venir chaque soir la distraire de ses aventures. C'est le début de son grand œuvre, *Les Nuits de Paris.*

Un lien profond, presque exclusif, me lie à Restif, dont j'ai un portrait gravé chez moi. L'homme y est campé en pleine rue, cerné de faits divers – on distingue notamment un vol, ainsi qu'un rapt en cours. Sur sa coiffe se profile une chouette, nocturne et écarquillée, comme lui. L'histoire a abusivement assimilé Restif à un indicateur : ses *Nuits de Paris* serait une version romancée de ses rapports de police. La thèse est infamante autant qu'inepte : il suffit de le lire. Assurément, Restif espionnait. Mais il le faisait par goût, et sans commanditaire. Je ne jurerais pas qu'il n'ait dénoncé. En dilettante.

Si Restif m'est si cher, c'est que sa vie illustre les paradoxes de mon art : redoutant l'exposition, l'homme qui guette ses semblables se livre d'autant qu'il se soustrait. Le corbeau piège ses victimes aux filets dérivants de leur passé. La logique le voudrait furtif, effaçant ses empreintes à mesure qu'il avance. C'est souvent l'inverse qui se produit : malgré le danger, Restif et moi-même persistons à consigner, nous persuadant que nos annuaires de compromissions nous protègent. Pourquoi une telle opiniâtreté à se perdre ? C'est que nous autres, « spectateurs nocturnes », comme aimait se qualifier Restif, sommes au fond des collectionneurs. Faire le compte est notre façon d'empêcher que les faits se délitent, et que la vie se gâche. Inlassablement, on transforme l'évènement en phrase, et la phrase en fiche, pour surseoir au temps.

Comme Restif, j'ai fait mes débuts dans la rue : c'est d'ailleurs là que j'ai commencé à le lire. J'avais un petit appareil photo, et faisais le pied de grue dans les beaux quartiers : plus besoin, comme le narrateur des *Nuits de Paris*, d'attendre que les gens se montrent au balcon, il suffisait de cadrer, la nuit, les fenêtres et d'attendre que les célébrités passent dans la lumière. Quand j'avais de la chance, j'attrapais une scène d'intérieur, que je tentais de placer dans les magazines qui, invariablement, la trouvaient trop floue. Les bons jours, les Renseignement généraux m'en prenaient une : sous Mitterrand, le pouvoir goûtait l'indiscrétion.

J'ai vivoté ainsi quelques années, habillant mon vice d'une vague raison sociale. Jusqu'à ce qu'un très jeune homme, sous mon nez, s'avise d'escalader la façade de la demeure familiale. Il était tard, il avait bu, ne voulait pas réveiller ses parents. J'ai photographié l'ascension sur les murs de l'hôtel particulier, la chute, et enfin l'arrivée des secours. Vingt-quatre heures après, j'étais lancé : le monte-en-l'air, qui mit plusieurs semaines à sortir du coma, était le fils de deux figures en vue. Plus personne n'a jamais trouvé mes photos trop floues.

Associant, sous le masque de sociétés foncières, trois financiers célèbres, la société PKG a officiellement pour objet la « gestion d'espace de stationnement ». Problème : le seul parking dont elle dispose reste obstinément clos. Jamais aucune voiture ne pénètre dans ce complexe souterrain doté de plusieurs entrées, dont l'une non loin du boulevard Berthier. Et pour cause : derrière les volets métalliques, les trois plateaux de béton ont été transformés en fête foraine sexuelle. Manège, train fantôme et grand huit.

Comme les bordels du siècle dernier, l'établissement, connu des initiés sous le nom de « sous-sol », accueille toutes les pratiques : le niveau supérieur est réservé aux hommes, l'intermédiaire aux victimes, et le dernier aux couples. À chaque étage, les tenanciers se sont ingéniés à recréer des environnements inédits, tableaux qui, par leur raffinement et leur sophistication, sont la principale attraction du lieu, qu'on vient visiter de toute l'Europe.

Les hommes peuvent déambuler sur les quais d'une gare la nuit, parmi les manœuvres et les militaires attendant leurs trains, ou bien dans d'anciennes vespasiennes, si réalistes que l'on se demande si elles n'ont pas été prélevées, telles quelles, sur la chaussée.

Pour les amateurs de violence, le « sous-sol » met à disposition un bloc opératoire en ruine, avec fauteuil à sangles, table d'examens et machines défectueuses, ainsi qu'une piste de cirque, au centre de laquelle sont placées des cages où l'on enferme ceux que le dresseur soumet sous les lazzis d'un public hostile.

Les couples, enfin, se voient proposer des décors inattendus. Ici pas de bains turcs, de triclinium romain ou d'alcôves tendues de soie, mais au contraire des bureaux, des salles de réunions et de conférences. Par une subversion inattendue, le « sous-sol » inscrit la débauche au sein même du monde du travail. En costume, tailleurs stricts et cheveux tirés, les clients accourent pour se chevaucher sur les photocopieuses.

Une réussite totale, à mettre au crédit du dynamisme de ses propriétaires. L'endroit n'a qu'un défaut : il n'est pas déclaré. Ni à la municipalité, toujours méfiante envers le commerce sexuel, ni à la Préfecture, ni même au ministère de l'Intérieur. Qu'adviendrait-il si ces trois tutelles apprenaient l'existence et la localisation du « sous-sol », ainsi que des aménagements considérables qui y ont été pratiqués sans solliciter de permis ?

Jamais mis en ligne

On t'a cru à part : quelle erreur ! Avec Mylène, vous faites assurément la paire. Tes sermons, tes mises en garde : de l'anesthésie ! Sur l'échangisme, tu nous as dit : « Fausse piste » ! « Les baiseurs ne trahissent pas » ! Le résultat, on vient de le voir. Les bons coups, tu te les gardes !

Le raid des Grands Boulevards les a enhardies : elles s'agacent de jouer les utilités, me demandent des comptes. L'opportunité de nuire, je l'attrape en moins d'une seconde. Mais dès qu'il s'agit de ma vie… Bras ballants. Face à leur fronde, je reste interdit. Ma vie d'embardées a toujours été tempérée par la conviction que, si je savais user des faiblesses des autres, j'étais tout autant capable de prévenir leurs éventuels assauts. Avec elles, tout se détraque, et je ne vois rien venir.

En attendant que les courants m'éloignent des filles ou, au contraire, m'attachent à elles, je m'active pour relancer la machine : le chantage, comme les hold-up, ne rend pas riche en un coup.

Le casse du siècle, celui qui met à l'abri pour toujours, n'existe pas dans ma branche : il faut pratiquer sans répit. Et, donc, trouver de nouvelles cibles. Sur *Effraction*, un bandeau défilant appelle à la délation. Mais les médisants sont rares. Lilou, à qui on a confié le relevé des courriels anonymes, compare volontiers l'exercice à la détection de métaux sur plage : peu de bijoux, et beaucoup de ferraille. À croire, ce que je n'ose, que la grande tradition française du bavardage venimeux se meurt.

Faute d'allumage automatique, il faut tourner la manivelle. Et faute de volontaires, c'est moi qui joue du coude. Pour amorcer, rien ne vaut le déclassé. Sachant où ils frayent, j'observe les bancs et, au moment choisi, jette l'épuisette. Les pêcheurs du dimanche ramassent tout ce qui passe, mais les vrais professionnels ne s'intéressent qu'à deux types de délateurs : les déclassés et les réprouvés.

Le potentiel du déclassé, je l'ai compris il y a plus de trente ans grâce à un personnage dont les livres ne coûtent que quelques centimes d'euros chez les bouquinistes : Jean-Edern Hallier. Né d'un général et d'une héritière, Hallier se jugeait hautement digne d'honneurs et, faute de les obtenir, fustigeait à tout-va. Il abominait les critiques, trop lents à le célébrer, les dirigeants, trop rares à le distinguer, et les industriels, trop chiches pour le pensionner. Tous ces ingrats, il les salissait de la pire façon, car Hallier, bien né, avait les codes et, faute de briller, s'y connaissait en humiliation. Il a commencé par gâcher son fiel en publications diverses, puis il s'est peu à peu initié à l'extorsion. Consumé du désir de flétrir, il n'a jamais su mener ses dossiers à leur terme, comme si, au moment suprême, son orgueil lui interdisait de réclamer paiement. Détenteur du secret de la deuxième famille de Mitterrand, il ne l'a que mollement menacé, sans jamais vraiment conclure. Même chose avec Bernard Tapie : il avait une copie de son casier judiciaire, mais l'a publié à la hâte, sans exiger de préalable. C'était toujours pareil : affamé de scandale, il gâchait ses atouts en les abattant trop vite, et c'est moi qui, vers la fin, détournais ses archives vers de plus fructueux usages.

La vanité, c'est tout le problème du déclassé : s'il n'est pas manœuvré debout sur les étriers, il saute la barrière. L'espèce est unidimensionnelle : elle n'existe que dans la geste qu'elle se compose.

Hallier mort, il laisse quelques héritiers, des fils de famille déchus en quête d'antigloire. Pour les repérer, auparavant, c'était facile : dans les manifestations, on regardait les pieds. Privé d'héritage, le déclassé conserve ses souliers. La mode des baskets a hélas rendu cette méthode inopérante, mais il existe d'autres marqueurs de classe. Les téléphones portables, par exemple. Et les profils réseaux : dès qu'un compte, Instagram ou Facebook, maudit les « quelques-uns », invisibles et solidaires, et nourrit ses réquisitoires de détails intimes, il y a du déclassé dans la boucle.

Pour attraper cet appât de choix, j'ai investi les services de messageries où j'ai pavoisé, sous des profils d'emprunts, la radicalité la plus vive. Mais les prises étaient rares. Louchant par-dessus mon épaule, les filles ont raillé mes efforts : mais regarde ton enseigne, enfin, et comment tu parles ! Personne ne dit ça ! S'installant à mes côtés, elles ont pastillé ma prose d'émojis, et m'ont outrageusement refait le portrait. Ainsi paré, j'ai magnétisé les insurgés du 7e. « Et maintenant ? » Elles m'envisagent, goguenardes. « Tu les as, tes déclassés : comment tu vas les mettre au travail ? » Plier, c'est admettre ma défaite, mais regimber m'expose à des abus bien pires… J'ai posé suffisamment de pièges pour ne pas reconnaître quand je suis moi-même pris. Et je respecte trop la manigance pour ne pas m'incliner devant le bel ouvrage. Pieds et poings liés, j'ai donc roulé sur le côté, et elles se sont avidement saisies des commandes.

Toutes leurs prises, elles les mettent en bassin, et les nourrissent à heure fixe : diatribe, mot doux et attentions pleuvent en miettes, et les déclassés, en bancs, battent collectivement des nageoires. Certains, bien sûr, veulent émerger du bain virtuel et rencontrer leurs bienfaiteurs. Mais les filles savent biaiser comme personne : elles bavardent et cajolent, jouant de mon avatar comme d'une poupée de ventriloque. Conversant sans interruption, elles moulinent opinions et anecdotes au point de relater, comme si elles y avaient pris part, des évènements lointains, s'agrégeant leur interlocuteur par émission continue de liant douceâtre, dosant les intrants, surveillant les prises et guettant, sur les flancs des sujets, l'apparition des œufs, promesses de récoltes futures.

Dans la nasse, elles ont isolé quelques candidats prometteurs dont l'un, Robespierre du clavier, tempête à tout-va contre l'élite qui l'a vu naître. L'air est connu, mais l'interprète déterminé. Par moments, on dirait presque mon vieil Hallier : même emphase, même narcissisme, et surtout même obsession de l'intime. Le genre qui fait des fiches : ses publications, sur les réseaux, sont truffées d'insinuations méphitiques sur la vie privée des puissants, amis de ses parents. Le bon client.

Ensemble et à tour de rôle, nous avons cultivé le spécimen, survitaminant son régime pour accélérer la ponte. Sans résultats. Sur messagerie, il faut donner de soi, m'expliquent les filles. C'est du négoce de peau : les gens ne parlent que si l'on se livre. Je me cabre : du calme, temporisent-elles ! Personne ne te demande de te déshabiller. Il s'agit juste d'inventer, ensemble, un personnage auquel notre petit Marat pourra s'ouvrir. Quelqu'un qui lui ressemble, et saura susciter la confidence. Rasséréné, je propose, et nous finissons par arrêter un scénario dans lequel nous sommes un fils de P-DG accablé de ses privilèges.

Et nous voilà déclinant notre *story* en une ribambelle de *posts.* On est aux Seychelles, en famille, mais on s'enferme dans sa chambre, vitupérant contre le kérosène gaspillé et les plages massacrées. On est de mariage à Chantilly mais on pille le buffet pour le distribuer dans les rues de la ville. On croise un politique à la table de ses parents, et on l'abomine. Tout cela en images car la lettre, en ligne, ne vaut que si elle est illustrée. Pour se conformer à cette règle, les filles usent de toutes les photos qui passent, retouchent, gauchissent. Et quand il y a besoin de chair, elles donnent d'elles-mêmes. Bien cadré, le pied de l'une ressemblera à celui d'une adolescente de douze ans, et la main d'une autre à celle d'un homme. Même chose pour les cheveux, les yeux, le cou. Cette facilité qu'elles ont à s'envisager en être unique, créature à mille pattes, mille bras, mille visages, ne cesse de m'intriguer : d'où vient la communion presque surnaturelle qui les lie ? Comment s'est-elle nouée ? On ne s'amalgame pas, ainsi, sans une menace sérieuse : quelle ombre est passée sur elles ?

Les haines les plus vives, on le sait, s'entretiennent en famille. Mais on se figure rarement jusqu'où elles peuvent aller. Prenons le cas du rejeton d'une célèbre dynastie française (notre photo). Révolutionnaire autoproclamé, ce jeune homme a rompu avec sa lignée. Mais son oncle, gérant d'une des plus grosses chaînes de préparation de viande du pays, n'aurait sans doute jamais imaginé que son neveu pousserait l'hostilité jusqu'à communiquer les plans de ses abattoirs à des associations engagées contre la souffrance animale. Le résultat de cette délation dont nous publions les preuves ? Plusieurs usines incendiées, et une alerte à la bombe. Les dégradations se chiffrent en milliers d'euros.

Mis en ligne le 16/02/18 à 10:40
Toujours accessible

Je goûte assez peu le *pro bono,* mais là, pardon : notre jeune espoir songeait à me faire concurrence ! À moi !!! Devenu intime avec mon avatar, il a évoqué des projets d'extorsion. Depuis longtemps, a-t-il expliqué à mon profil, il ramassait des documents : contrats, relevés bancaires… Tout ce qui traînait. Dès qu'il était chez quelqu'un, il fouillait les tiroirs. Famille, amis, peu importe. Et tout ça pour quoi ? Financer « la lutte » ! Faire « cracher les puissants » ! Capitaliser sur leurs « turpitudes » ! Et puis quoi, encore ! J'ai écrasé l'importun d'un coup de patte, sans oublier d'éventer ses manœuvres. Perte sèche, mais place nette.

Flotte sur nous la malédiction de la case départ : on est collé. Pour rompre le sort, tout le monde s'active, et monte les projets en neige avec l'énergie du coup de feu. Notre premier déclassé perdu, les filles s'occupent déjà d'en attraper d'autres, les enfermant dans une bulle d'écoute attentive et les berçant d'illusions flatteuses.

Il serait temps de me l'avouer : lentement, je suis en train de basculer d'une équipe à l'autre et de troquer mon cercle historique contre mes nouvelles amies. À peine coulé, ce bain de jouvence se teinte cependant d'un filet d'amertume : du cœur des nuages moussants que font se lever les filles, je ne peux m'empêcher de me demander comment Mylène, ma vieille complice, réagira à mon lâchage. Elle frappera, c'est sûr. Plus qu'un métier, le chantage est un mode de vie. Plus on piège, plus on craint d'être piégé. Pour prévenir les failles, on se cadenasse, vérifiant les verrous, éprouvant les défenses et resserrant, par degrés, les angles morts. La vie du corbeau est un guet permanent.

À ce stade, les filles n'en perçoivent que les joies : la griserie de l'intrigue, la fièvre de la rouerie… Elles s'y livrent sans frein. En attendant que notre ferme d'indicateurs donne ses premières portées, elles s'affairent sur d'autres leurres. Parmi leurs inventions, un service de *nursery* d'animaux. Sur les réseaux, elles ont posté des portraits de chiens dorlotés et des chats escortés, agrémentant ces premiers tableaux de mises en scène plus exotiques – tatou manucuré, lionceau permanenté –, systématiquement adressés à des célébrités connues pour leur amour des bêtes, des chanteurs à chihuahuas et des actrices à bichons. Petit à petit, elles ont gagné des cœurs, des pouces levés, des abonnements, puis décroché un premier contrat, un deuxième…

Alors que j'en étais encore à considérer cette histoire de garderie animalière comme une blague, elles promenaient déjà dogues et pitbulls sur l'avenue Foch, et toilettaient à foison. Découvrant, incrédule, qu'elles passaient désormais leurs week-ends à baby-sitter du félin, je leur ai appris à fouiller les appartements où elles opèrent. Pour cela, une seule méthode, celle qui a découvert Pompéi : on divise mentalement le logement en périmètres égaux, préférablement quadrilatères, et on ratisse chaque zone dans le sens des aiguilles d'une montre. C'est le seul moyen de ne rien négliger, surtout les cachettes les plus évidentes.

Comme les archéologues, avec leurs fils tendus ? Précisément : ça peut paraître excessif mais, croyez-moi, c'est éprouvé. Elles font la moue, alors j'illustre. Je raconte Scope, l'inventeur du porno domestique. Nous sommes dans les années 1980. Pas de numérique, ni de *selfie.* Le film est un luxe et Scope tourne à domicile. Les clients le recherchent car il cadre avantageux. La première fois qu'on me parle de lui, je deviens fou : imaginez le trésor !!! Des mètres et des mètres de millionnaires libidineux en action !!!! Je me mets en chasse. Mais l'homme est prudent : à peine développés, il se sépare de ses films, et vit dans de petits meublés. Je ne me décourage pas, j'attends que le succès l'entame. Ce qui ne tarde pas : fort de ses cachets, il monte en standing. Je mobilise les rats d'hôtels, et parviens à m'introduire dans sa chambre, où je fais chou blanc. J'y reviens : une fois, deux fois, trois fois. La dernière, je fais « comme les archéologues », et je trouve. L'homme trimballait partout ses costumes dans des films plastiques, comme sortis du pressing. Les pellicules étaient à l'intérieur, dans les poches des vestes : pour les sortir, il descellait l'emballage, qu'il recachetait ensuite, au fer à repasser. Indétectable. Sans ma méthode, j'y serais encore.

Du coup, les images ? Je crois toujours que je parle dans le vide, mais dès que je m'arrête, elles me relancent. La prise était bonne, oui : j'ai bien profité. Et personne ne t'a mis de pression ? Devant mon incompréhension : on parle bien de *sextapes* ? J'imagine qu'on dirait cela aujourd'hui, oui. On le dirait, et même on voudrait te nuire ! Oh mais à l'époque aussi, n'allez pas croire ! Mais j'ai toujours été prudent. C'était là qu'elles voulaient en venir : c'est bien beau, les projets, mais pour la sécurité, comment on fait ?

Qui l'eût cru ? Moi le mutique, je prends goût à ces conférences. Jusqu'à présent, je m'ouvrais peu, ou seulement dans ces pages. Désormais je pontifie, et à tout va. Titre de la causerie du jour : la protection. Une seule méthode : baisser la tête. À mes débuts, ça voulait dire : n'user que de cash, et de boîte postale. Aujourd'hui, la base, c'est d'éviter les réseaux et, plus largement, tout ce qui laisse des traces : *selfies*, *posts*, commentaires… Je vois leur déception : elles voulaient s'initier à la clandestinité, et voilà que je les prive de portable ! Sans compter ce que je tais, mais qu'elles pressentent : solitude, méfiance, jours gris... Une vie de bibliothécaire. Pour la première fois, je sens leur enthousiasme refluer : dans quoi se sont-elles engagées ?

Les semaines qui suivent, je les vois moins. Je ne dirais pas qu'elles désertent, car les tâches sont assurées, mais clairement, ça flotte. J'essaie d'imaginer leurs débats : mon jeu en vaut-il la chandelle ? Et plus fondamentalement, suis-je vraiment nécessaire (la réponse, bien sûr, est non, mais, à ce stade, comment pourraient-elles le savoir) ?

De mon côté, je m'abstiens de toute retape. Comment pourrais-je ? La réalité de ma vie est celle d'un écrivain vieillissant : frôler des gens sans qu'ils le sachent, écrire des scénarios pour des acteurs non consentants... Rien pour séduire la bande. J'ai fait un rêve, convenons-en. Avec ces filles, j'ai cru renaître, mais à l'évidence, aucune communauté n'est possible. Elles brûlent d'en découdre, quand moi... Quoi, au fait ? Qu'est-ce qui m'anime encore ? De la manigance, on ne décroche pas : c'est comme une marée qui submerge. Mais le temps en réduit l'amplitude : je suis moins souvent qu'avant requis par mon ouvrage. Souvent, même, j'opère sans émotion. Sauf quand j'écris : là, pas de savoir-faire. Tout est à vif, et chaque page publie l'ampleur de ma trahison.

Petit à petit, les filles reviennent. Grâce à ma méthode « archéologique », leurs travaux de ménagerie ont produit de l'os à ronger : lettres, relevés et actes divers, sans compter les messageries, aspirées. À l'examen, ces données se révèlent complexes à réconcilier. Il y a d'un côté l'officiel, obscurci d'idiome, et de l'autre le personnel, concassé à l'extrême. Pour avancer, j'ai fait deux tas : à elles les conversations, à moi les courriers. L'écossage est long : dans le puzzle, des pièces manquent et les fils de discussions demeurent ambigus, comme cryptés.

Inquiet que l'épreuve n'entame leur résolution, je multiplie les encouragements. Mais mes craintes sont inutiles : loin de les affaiblir, le labeur les galvanise au contraire. Et quand l'ardeur reflue, elles se motivent d'elles-mêmes, lançant des défis, mettant de la musique et chantant par-dessus, tant et si bien que c'est souvent moi qui ai du mal à rester concentré (et elles s'en amusent, se poussant du coude).

C'est donc en cortège que nous avons avancé, cahin-caha, jusqu'à trébucher sur la solution. C'étaient des noms, en apparence anodins mais qui revenaient sans cesse. Des noms qui cautionnaient un appartement, garantissaient un prêt et versaient des subsides. Des noms sans références évidentes, émanant de juridictions lointaines mais qui finançaient la vie des clients des filles. Fraude fiscale ? Blanchiment ? Nous nous égarions : c'était beaucoup plus simple.

L'une de ces personnalités figure déjà dans votre fil de notifications : sportifs, mannequins, artistes, ils inondent les réseaux de scènes idéales, de voyages de rêve et d'appartements somptueux. Mais ce qu'ils goûtent par-dessus tout, c'est mettre en scène leur réussite : tout leur sourit, et il faut que le monde le sache. La réalité, on le sait, est souvent assez éloignée de ces tableaux léchés. Mais l'écart n'est pas seulement une affaire de cadre, ni de filtre.

Ainsi ce footballeur (notre photographie), qui célèbre à longueur de post *le succès de sa ligne de vêtements, se repose en réalité sur les dons d'une fondation du Liechtenstein. Derrière cet écran ? Une femme de pouvoir, amatrice d'anatomie. On ne peut que présumer ce qu'elle obtient en échange, mais il ne s'agit sans doute pas de maillots siglés.*

Même chose pour cet acteur (notre photographie), dont le moindre projet s'accompagne d'une pluie d'instantanés enthousiastes. Ses tournages, films ou publicités, sont pour la plupart portés par le trust d'un baron de la finance. Manifestement épris d'art, ce dernier paie également le loyer de l'appartement du jeune homme.

*Des trucages de ce genre, l'équipe d'*Effraction *en connaît pléthore. En cette nouvelle année, nous en offrons la primeur à nos lecteurs.*

Mis en ligne le 04/01/19 à 12:12
Supprimé le 04/01/19 à 20:01

Le geste est devenu signe de reconnaissance : l'avant-bras replié vers le torse, la paume tournée vers l'intérieur, les doigts largement écartés. « Fois cinq ! » Elles ne s'en lassent pas, l'exécutent dès que l'occasion se présente : « Fois cinq ! » Comme si elles devaient mutuellement se convaincre que cinq personnes différentes ont payé, et grassement, pour empêcher la divulgation de documents qu'elles ont elles-mêmes récoltée.

J'étais dans le même état la première fois que ça m'est arrivé : l'extorsion multivictimes est une fête. J'avais, à l'époque, récupéré le fichier adhérent d'un groupuscule fascisant (la mosaïque de mouvements qui composait alors la droite ultranationale se foutait joyeusement sur la gueule, saccageant réciproquement ses locaux et volant ses archives qui, le plus souvent, finissaient dans la Seine. Mais pas ce jour-là). Après examen minutieux des pièces, il est apparu que la petite cellule comptait dans ses rangs une bonne dizaine d'héritiers de la très haute bourgeoisie. Fort de ma trouvaille, je me suis fait un plaisir d'écrire aux parents, dont certains occupaient des postes élevés dans l'administration, alors socialiste, assortissant ma lettre d'une copie de la carte de membre de leur progéniture. Tout le monde s'est acquitté comme un seul homme. C'est ce jour-là que je me suis dit que le chantage, jusqu'alors pratiqué en amateur, pouvait devenir une activité à part entière.

Les filles m'écoutent, rêveuses. Elles sont de plus en plus souvent chez moi, désormais, squattent mon salon et dorment sur mon canapé. Et quand vient le soir, ou que s'allongent les week-ends, elles demandent des histoires, de vieux récits d'extorsion, qu'elles veulent les plus détaillés possibles. Pachydermique cargo, je me laisse manœuvrer. Qu'elles vident mes cales ! Mes ballasts sont trop lourds et ma coque est rouillée.

Ce qu'elles préfèrent, ce sont les romans de réprouvés. Image-miroir du déclassé, le réprouvé est l'autre canari de mine du maître-chanteur. Engagé trop tôt dans des entreprises déconsidérées, aux extrémités du spectre politique, le réprouvé tente d'exorciser sa marginalité en salissant ses acolytes, surtout ceux dont la vie s'est poursuivie ailleurs, hors des cercles initiés. On se souvient de l'ex-Premier ministre Lionel Jospin, dénoncé par ses ex-camarades de cellule, et de toute la cohorte de politiciens trahis par ceux qu'ils ont côtoyés, adolescents, dans des gardes de fer. Dans le nuancier des réprouvés, mon favori est le consultant Patrick Buisson, d'abord hagiographe de Jean-Marie Le Pen à la rédaction du quotidien *Minute*, puis conseiller à l'Élysée auprès de Nicolas Sarkozy. Je ne me lasse pas de raconter aux filles comment Buisson, sur un appareil portatif toujours allumé, enregistrait les conversations jusque dans le bureau présidentiel, et faisait ensuite comprendre à ceux qui avaient trop parlé qu'il les tenait.

Ce grand saisissement glacé de la victime qui comprend qu'elle est prise, Mylène savait le susciter à la perfection. Ma vieille complice : à quoi s'occupe-t-elle désormais ? Je l'imagine à Lisieux, échouée au mouillage, ruminant sa haine. Contre moi, traître doucereux, mais aussi contre ses pensionnaires ingrates. Ma venimeuse amie, je ne le sais que trop, refusera de rester en arrière : plus on l'écarte, plus elle pèsera sur nous. Je vois la menace mais, à rebours de mon obsessionnelle prudence, je la relègue au champ des lointains possibles : je voudrais profiter encore un peu du bain tiède que dispensent les filles.

De tous côtés, celles-ci affluent, débordant ma vie. Fortes de l'argent gagné sur notre dernière opération, elles ont entrepris de changer d'existence : quitter définitivement le bocage et s'établir à Paris. Cherchant un point de chute, elles ont trouvé, dans le 18e, un grand appartement dont les larges baies vitrées s'ouvrent sur les allées du cimetière Montmartre. Cintré sur toute sa largeur de balcons translucides, l'immeuble est l'une de ces constructions, blanches et massives, qu'aimaient les promoteurs des années 1980. Un bloc de Côte d'Azur tombé près de la place de Clichy.

Elles m'ont fait visiter les lieux et, au terme d'un petit tour dans les pièces vides, m'ont demandé d'être leur caution. En cercle sur la moquette, je convoque le premier conseil de notre brinquebalante famille : que veulent-elles, exactement ? À ce stade, rien ne nous lie : à quoi servirait de nous entraver ? Résonnant sur les murs nus, ma voix paraît frêle, et exagérément dramatique. La leur, à l'inverse, bouillonne : le coup des animaux leur donne des droits. Fini, le bricolage : elles veulent des règles. D'association, et de vie.

Je fais la moue, et, d'un coup, l'hostilité débonde : elles s'y attendaient ! Je ne veux pas partager mon petit pouvoir, c'est ça ? J'ai l'expérience, elles n'ont qu'à suivre ? Eh bien non ! Cette musique, elles l'ont trop entendue. Si je veux qu'on travaille, il faut les considérer. L'attaque, foudroyante, a rompu mes lignes : surpris, je bredouille que j'ai en effet des réticences, mais que celles-ci n'ont rien à voir avec leurs mérites. Dans notre branche, il est nécessaire de rester indépendant, et ne pas s'en remettre aux autres. Elles suffoquent : et Mylène ? Et le Bon Père ? À eux, je ne m'en remets pas ?

Elles avancent en cohorte, et pressent tant qu'elles peuvent. Harcelé, je m'ouvre : Mylène et le Bon Père ne sont pas des partenaires. Ce sont des victimes, sur lesquelles j'ai barre. Et je raconte la camisole où j'ai tenu le Bon Père. Mylène ? Même chose : chacune de mes relations de travail est dévitalisée. Ma gêne n'a donc rien à voir avec leur âge, ni leur genre, mais avec le principe même de l'association. Sur le plan de la sécurité, c'est insuffisant.

Incrédules, elles me font répéter : tu préfères la soumission à la libre collaboration ? Effectivement : c'est plus sûr. Si elles continuent avec moi, elles peuvent se retrouver asservies ? J'avoue sans détour avoir recherché des informations capables de les contraindre, j'avoue aussi, à ce jour, ne rien disposer de probant. Tout de suite, les hauts cris, sèchement interrompus : et elles ? Elles n'ont pas fouillé sur moi ? Sondé mes mœurs, mon passé ? L'indignation faiblit : dans leur cas, c'est normal, il faut qu'elles se protègent. Pareil ! Je soupire : pas un pour racheter l'autre. Tellement prévisibles ! Leurs sourcils se lèvent, et s'arrondissent. Sur elles, évidemment, c'est Mylène qui m'a informé. La même, j'imagine, m'a noirci le profil ? Leur silence embarrassé vaut réponse.

Alors quoi ? On se sépare ? Pile quand ça marche, on lâche ? Tout ça parce qu'on n'est pas foutu de s'organiser ? Buté, je leur répète qu'il n'y a que l'autonomie, ou la dépendance. Tout autre lien nous expose. Dans l'appartement vide, le silence s'installe. Le lavis du crépuscule estompe les découpes de lumière sur les murs. Et si, hasarde Audrey, on tentait la sujétion mutuelle ? Si l'on acceptait, en pleine conscience, de se livrer aux autres ? Le partage de secrets réciproquement dommageables préviendrait, semble-t-il, la trahison. La pénombre qui s'installe empêche de distinguer les visages. C'est heureux : dans le demi-jour, on verrait que, sous mes airs renfrognés, je tergiverse.

La possibilité d'un pacte met un temps à devenir concrète. Après l'intervention d'Audrey, on balance, on tempère, on dénie, parfois vigoureusement. Puis on revient, chaque fois plus convaincu. On précise, on conditionne, on s'accorde. À la nuit complète, on est prêt à sauter le pas. La cérémonie mériterait bien sûr un cadre plus solennel que ce plateau sans grâce et cette moquette usée. La nécessité, cependant, éclipse le décor. D'autorité, je ferme le cercle, place, comme autant de braises digitales, nos téléphones au centre, et distribue la parole. Les filles la prennent et, à sept voix, entament le récit de leur adolescence. Elles ont dix ans, c'est l'été, elles se rencontrent dans les centres aérés, près de Lisieux. Elles ne sont pas sept, mais neuf. Serments, secrets : la joie, en feston serré. Pour rester ensemble, le clan écume les gymnases, se fait majorette, volleyeuse, judoka.

Elles gravissent les podiums, rapportent des coupes, sourient sur les photos. Un jour, au retour d'un match, le car qui les transporte se couche sur la route. Toute la bande se retrouve piégée dans l'habitacle, et deux d'entre elles périssent, sous les yeux des autres. L'épreuve les durcit, mais les isole. Fini le sport : les week-ends, elles les passent désormais à fumer sous des abribus. C'est là, dans l'impuissance ressassée, que naît l'idée de ressusciter leurs amies. Au départ, ce n'est qu'une revanche : elles veulent fleurir d'instants additionnels ces vies trop précipitamment écourtées. Alors elles endossent les noms, et les habits, des jeunes mortes, et commettent, en leur place, quantité de délits : cambriolages, vols de voitures, dégâts divers.

Bientôt, et toujours sous alias, elles attrapent des hommes sur Internet. Au début, la mystification fonctionne : avides, et ridicules, les types sont piégés de la pire façon, et les filles s'en délectent, jouant avec leurs proies comme avec des animaux impuissants. Ce ne sont, à l'époque, que des collégiennes de province. Craignant d'être exposée, une victime offre un jour de payer. Ce n'est pas le premier : d'autres, avant, avaient déjà proposé de l'argent. Mais les montants étaient si ridicules qu'elles ne l'ont jamais vraiment considéré. La somme, cette fois, est importante. Tellement qu'elles acceptent, et organisent l'échange. Qui se transforme en piège, auquel elles réchappent de justesse. Aux abois, elles fuient : plus rien ne les retient, elles ont rompu avec leurs familles. Elles vivotent quelque temps dans des bâtisses abandonnées, chapardent, dealent un peu et, très vite, rencontrent Mylène.

À mon tour maintenant ! Leur récit m'a rasséréné : elles sont comme moi, et je n'ai rien à craindre. Depuis Lisieux, elles sont sur le qui-vive, au plus près de leurs intérêts. Survivre, seul, compte. Tenir le siège. Rationner l'oxygène. Clouer les portes et miner les accès. J'ai vécu comme cela moi aussi, leurs défenses sont les miennes. Mieux : elles nous lient.

L'épisode lui a valu la Légion d'honneur. C'était en 1988. Photographe à scandale, l'homme guettait une star sur le quai de la gare de Lyon. Soudain, on annonce qu'un train fou, privé de freins, fonce sur les voies. Abandonnant son appareil, il aide des dizaines de personnes à évacuer les wagons à quai avant l'impact. Sans son intervention, ceux-ci auraient été écrasés par la motrice transformée en bélier. Après l'accident, il monte dans les convois sinistrés pour en extraire d'éventuels survivants. « Sans prendre de photos, je précise », a-t-il déclaré, goguenard, lors du petit discours qui a suivi l'accrochage de sa médaille.

À l'approche de l'anniversaire de ce drame, il est temps de révéler, preuve à l'appui, les véritables motivations de celui qui, depuis trop longtemps, cache ses méfaits sous sa distinction usurpée. Des trains encore fumants, l'individu a certes extrait quelques blessés. Mais il a surtout fait main basse sur les portefeuilles et les porte-documents, qu'il a parfois arrachés à leur propriétaire trop faible pour lutter. Maraude de naufrageur ? Si seulement... Quelques semaines plus tard, blessés et familles endeuillées par l'accident ont reçu des lettres qui les menaçaient de rendre leur sort encore moins enviable en révélant, qui une infidélité, qui une malversation, qui des pratiques peu glorieuses. Fragilisées par le drame, toutes ont préféré s'acquitter. Aucun ne s'est jamais douté que leur bourreau était, aussi, leur sauveur.

Jamais mis en ligne (à ce jour)

Au confessionnal, j'ai préféré la délation : déformation professionnelle. Même s'il est toujours étrange d'armer l'arme qu'un autre placera sur votre tempe. Mais c'est ainsi qu'on l'a voulu : rien de tel pour susciter la confiance. Désormais, chaque camp est à la merci de l'autre : les filles peuvent poster mon billet, et moi révéler leur passé. La dépendance mutuelle, c'est comme un vêtement raide : d'abord on est gauche, et on ne pense qu'à ça. Et puis l'étoffe s'assouplit, et bientôt elle épouse vos mouvements.

Avec les filles cependant, la gêne dure : elles vivent « l'échange des sangs » comme une entrave. Je suis obligé de réexpliquer que c'est au contraire, dans la branche un peu particulière qui est la nôtre, l'équivalent d'un pacte d'associés. Mais elles ont vécu trop libres pour comprendre, et tirent de manière inconsidérée sur la corde. Bientôt elles m'en veulent, et je vois le moment où elles m'accuseront de les avoir forcées.

Tout cela m'affecte : je les ai crues fortes, les découvre versatiles : me suis-je trompé sur leur compte ? La jouvence, l'énergie éprouvées à leur contact n'étaient-elles qu'un mirage, et ce pacte, l'illusion d'un soir ? Ai-je, comme tant de quinquagénaires avant moi, idéalisé ces jeunes femmes au seul titre qu'elles m'accordaient un peu d'attention ?

Jamais je n'ai connu de lien plus instable que le nôtre : sans cesse il se détend et s'emmêle, toujours prêt à se rompre. Âge, genre, parcours : objectivement, tout nous sépare. Si l'on ajoute la paranoïa inhérente au secteur, toute liaison semble impossible. Elle existe néanmoins, mais en queue de lézard : rétractile, voire détachable. Chaque incident l'affecte, et la rupture perpétuelle semble parfois le moteur de notre propulsion.

En attendant qu'on renoue, j'exhume de vieux carnets. Revoir d'anciens complices pourrait m'aider à apprécier la situation. J'ai besoin de repères et de points de comparaison.

Alors je bois avec Monprince, et dîne avec Autorité. Un mondain, un flic. Le premier m'a tuyauté sur des coups d'exception. Quant au second, je le rétribue pour les fichiers officiels. Les deux sont bon pied bon œil mais, très vite, il y a comme une odeur, un relent qui monte de sous les meubles. Difficile de dire ce qui cloche exactement, si ce n'est que la conversation, très vite, s'enlise et que l'œil, autrefois prédateur, s'humecte. Avec ça, pas une affaire : que de l'hasardeux, de l'éventé, du déjà vu cent fois.

Pour en avoir le cœur net, je descends d'un cran, à l'étage des fourgues et des rats d'antichambres, les poches toujours pleines d'« occasions à saisir ». Moins introduits car toujours satellites, ils peuvent tout de même, en panne de commission, être bons rabatteurs. Mais leur entregent a dû s'ankyloser, car ceux que je vois radotent désormais à tout va et me réchauffent de vieilles anecdotes, oubliant que c'est moi, à l'origine, qui les leur ai racontées.

Je n'ai donc d'autres choix que de pousser jusqu'au troisième sous-sol, au rayon des faiseurs. Coco, par exemple. Vingt ans qu'il hante les rédactions et pousse des indiscrétions. Les médias vont mal mais Coco, lui, rayonne. Je ne tarde pas à comprendre que c'est me voir qui le réjouit. Rien d'humain là-dedans : Coco, comme moi, n'aime personne. Mais il a récupéré quelque chose que je vais devoir lui acheter, et m'avoir dans sa dépendance le met en joie. Je le laisse dérouler les actualités – « j'ai appris pour le Bon-Père, c'est terrible bien sûr » – , la bande-annonce – « j'entends beaucoup parler de toi en ce moment » –, le générique – « je ne sais pas à qui tu t'affrontes, mais tu es dans le collimateur ». De qui ? Pour entendre la suite du message, insérer des jetons dans la fente.

Petits métiers – le maître-chanteur

On les croyait disparus, ne survivant qu'à l'écran, dans des films noirs et blancs. Mais les maîtres-chanteurs ont la vie dure, et la généralisation des réseaux leur confère une seconde jeunesse. Paparazzi reconverti, l'un des corbeaux les plus prospères d'Europe anime une gazette virtuelle qui n'a rien à envier aux pires feuilles à chantage des années 1930. Son nom ? (le reste est indistinct)

Photographie d'écran prise à l'IPhone le 22/07/20

Pour mettre en valeur son produit, et justifier ses prix, Coco m'assure que la photo a été prise au siège d'un magazine, et que l'ordinateur qu'on y voit est celui d'un journaliste. L'article, il me l'assure, doit paraître dans les prochaines semaines. Mais pas d'inquiétude : pour une somme qu'il qualifie de modique, Coco me règle l'affaire. Il est possible qu'il dise vrai, tout comme il est possible qu'il mente, ait lui-même écrit le texte, et mis en scène la photographie. Mais l'éventualité d'une escroquerie, toujours à craindre avec le personnage, n'est hélas pas plus rassurante que son alternative. Même si Coco bidonne, il faut qu'on l'ait renseigné : or il n'y a pas dix personnes qui connaissent mon rôle dans *Effraction.* L'une d'elles a forcément parlé.

Pour me conseiller, il n'y a que les filles : c'est l'intérêt de notre nouvelle union. Je monte quatre à quatre à l'appartement, espérant trouver ses occupantes dans des dispositions plus sereines que celles dans lesquelles je les ai laissées.

Leur accueil est sans méfiance : à la longue, elles ont dû se lasser de me soupçonner. L'appartement a été aménagé. Il y a des tables basses, des vases pleins de fleurs et même, aux murs, de grands pêle-mêle de photographies. Elles suivent mon regard, s'en amusent : oui, elles ont des fantasmes d'intérieur ! Si je savais d'où elles viennent… À part ça, et puisque je ne pose pas la question, elles ont digéré l'épisode sordide que je leur ai imposé. Et moi ?

Eh bien justement… Et je raconte. L'histoire, tout de suite, les sollicite. Qui ? Comment ? Pourquoi ? J'explique, en accumulant les conditionnels : Coco frelate tout ce qu'il colporte. Et si, cette fois, il disait vrai ? C'est dans cette éventualité que je leur parle. Pour qu'on anticipe. Elles échangent des regards entendus : la perspective de ma chute n'a pas l'air de les émouvoir. L'ont-elles déjà envisagée ? Selon Maeva, cette contrariété, « d'une certaine manière », tombe bien. Elles en parlaient justement : il faut débrancher *Effraction*. Mes bras se lèvent : débrancher ? Elles n'y pensent pas ! Quand tout marche si bien ! Du plat de la main, Lilou me fait signe de me taire : c'est moi qui ne pense pas. Le support fixe, c'est une entrave. On peut faire sans. Comment ? Fuite de données, sites éphémères, faux profils : le choix est vaste. Mais la signature : qui s'effraiera d'une menace anonyme ?

Il n'est évidemment pas question de dégrader notre marque. Au contraire : l'idée est de la renforcer. Leur ton d'évidence commence à me porter sur les nerfs : de quoi parlent-elles ? Du fait que j'envisage toute cette histoire à l'envers : ce projet d'article n'est pas une menace. Non ? Mais non ! C'est une opportunité. De quoi ? D'imposer une griffe ! Et devant mon incompréhension : si un journaliste s'intéresse vraiment à toi, il faut aller le voir et sortir le grand jeu. Cascade, pyrotechnie, son 3D : il doit en avoir pour son argent. S'il mord, tu deviendras le symbole vivant de l'extorsion. Il suffira de prononcer ton nom, et d'apposer ton chiffre, pour qu'on tremble.

À l'excitation de la vitesse, et à la joie de l'impunité, se mêle, en bourrasques violentes, la peur panique de perdre pied et de finir, comme les jeunes mortes, en masque de carton dans les mains des filles. Leur réactivité m'électrise mais m'ôte, dans le même temps, consistance.

Leur plan suppose que, éternel corbeau, j'ingère la potion si souvent administrée aux autres. Je crois l'avoir déjà dit : être exposé est le pire cauchemar du délateur. Et la perspective de devenir tête de gondole me fait passer par toutes les affres. Successivement et alternativement, je panique, conjecture, veille, lutte, rumine pour, dans un ultime sursaut, reprendre tout le cycle, *ad lib.*

Comme un vol de corbeaux…

*Jusqu'au bout, on aura cru à une imposture. Mais l'homme qui se présente devant nous se plie à tous les examens. C'est lui qui nous a contactés quand il a appris que nous préparions une enquête sur la recrudescence du chantage. « En la matière, j'ai une certaine expérience », nous a-t-il expliqué, sibyllin. Effectivement, quand nous le rencontrons, l'un de ses premiers gestes est d'ouvrir un ordinateur portable et d'accéder aux commandes d'*Effraction*, principal site de délation en France. « Alors, nous demande-t-il, goguenard, qui voulez-vous racketter ? » La proposition nous cueille à froid : nous étions venus recueillir une parole, pas nous faire complice. « C'est mieux ainsi : vous parlerez d'expérience ! Alors ? Sport ? Politique ? Finances ? » Et comme nous restons interdits, il susurre avec un mauvais sourire : média ?… Piqués au vif, nous bredouillons : cinéma ? La suggestion le consterne : pour sa première interview, il* *va quand même essayer de faire un peu mieux, non ? En frappe* allegro, *il rédige un petit texte sur un chef en vue dont l'un des maîtres d'hôtel vient d'être appréhendé en possession de stupéfiants : les établissements du célèbre cuisinier sont-ils des points de deal ? Et la réussite de leur promoteur est-elle alimentée par l'argent de la drogue ? Puis il frappe « Entrée ». Immédiatement, le texte s'affiche à la une du site. « Maintenant, il n'y a plus qu'à attendre. »*

De l'extérieur, rien ne le distingue : la cinquantaine terne, il arbore la demi-barbe de tous les hommes de son âge, et porte des vêtements anodins. Une absence de signes distinctifs trahit le métier. Car le chantage est une profession, que notre interlocuteur pratique depuis plus de vingt ans. Les questions se bousculent : qui ? Comment ? Combien ? Mais notre interlocuteur a mieux à faire : moins d'une demiheure après avoir publié ses allusions venimeuses, un message tombe. « Un porte-parole ! dédaigne-t-il : on ne me prend pas au sérieux ! » Et il compose immédiatement un second texte, plus précis : le maître d'hôtel était récidiviste, et porteur de drogues de prix. Opium, ayahuasca, iboga : la gastronomie du toxique.

L'attente reprend, et on s'interroge : tout ce qu'il raconte est-il vrai ? Il s'amuse : s'il suffisait de calomnier, j'aurais beaucoup de concurrence... La vérité seule rétribue. Et plus vous avez la réputation d'être exact, mieux cela paie. C'est votre cas ? Assurément : je me donne suffisamment de mal. Nouvelle notification : cette fois-ci, c'est un avocat. Avec gourmandise, il fait une offre « d'arrangement », en n'oubliant pas d'attacher à son message un extrait du procès-verbal de l'arrestation du maître d'hôtel. L'effet est immédiat : le dialogue, que nous suivons en direct, s'accélère. « Avant, on négociait par téléphone, voire face à face. Maintenant, c'est par messagerie, et à distance », explique-t-il. Et les paiements ? « Aussi ! Vous me voyez encaisser des chèques en agence ? »

Justement : combien lui rapporte une menace ? « Ça, je ne peux pas vous le dire. Si mes tarifs deviennent publics, je ne pourrai plus négocier ! » Une estimation, à la louche ? « Non. Vous connaîtrez mes prix quand viendra votre tour ! » sourit-il, méphistophélique. Le coup de griffe nous rappelle à la réalité : si l'homme est agréable, sa morsure est dangereuse.

Comment devient-on maître-chanteur ? « Pas par vocation, si c'est votre question ! Je n'ai pas commencé en torturant des insectes ! J'ai fait plusieurs métiers dont l'un, la photographie, m'a initié. J'ai pratiqué en amateur, au gré des opportunités ; puis, avec la généralisation des réseaux, je suis passé professionnel. » La transition a été naturelle. « La réputation virtuelle a supplanté la vie. Et les épidermes digitaux sont sensibles : un coup d'ongle les déchire... Ajouter à cela les capacités presque illimitées de nos appareils pour capter son et image, et vous comprendrez quelle époque de cocagne est la nôtre... »

En kiosque le 05/09/20
Toujours accessible en ligne

Je me suis préparé en cabot, soignant mes effets, et ma tenue, répétant les gestes que j'allais bientôt effectuer dans la lumière, perfectionnant mon numéro pour qu'il s'imprime sur la rétine des spectateurs. Et ça y est : me voilà épouvantail. Ma vie, désormais, grincera sur son axe. Pour encaisser le choc, et pallier le sentiment de nudité, les filles m'ont proposé d'emménager avec elle. J'ai d'abord dit non, trop fier, puis, rapidement, oui : mes premières sorties, dans les rues placardées du magazine qui m'expose, ont été un supplice. L'article n'est pas illustré, mais il ne faudra pas longtemps pour que des photos circulent. Et pour celui qui, comme moi, n'a vécu que par dérobade, cette publicité est insupportable.

Un matin, j'ai donc précipitamment rempli des cartons, résilié mon bail, et foncé, en camionnette de location, jusqu'à l'appartement de mes amies. Elles m'ont attribué une chambre, « la plus grande », près de la porte d'entrée, « pour que tu puisses aller et venir ». Mais je n'ai le désir ni de l'un, ni de l'autre. Les premiers temps, je suis resté enfermé, essayant tant bien que mal de réfréner la violence des angoisses qui m'assaillent. Pour me reconstruire, il faudrait un point d'appui, mais j'ai beau tâtonner, tout se dérobe.

Les filles, à mon égard, font preuve d'une étonnante patience. Elles déposent des plateaux-repas devant ma porte, limitent les éclats de voix, et le volume de la musique. Et moi, je reste à la fenêtre, cherchant, dans la prolifération anguleuse des immeubles du 18e, un agencement, une façade, qui pourrait m'évoquer des souvenirs. Mais rien ne vient : vu de haut, mes repères se troublent, et les évènements, les récits glissent sur les surfaces.

Lorsque les brumes de l'hébétude se sont peu à peu dissipées et que j'ai, péniblement, retrouvé posture et esprit, je suis sorti me mêler au groupe dans les parties communes. Les filles n'avaient pas chômé : elles venaient de faire payer une actrice inquiète de voir divulguer le compte rendu de ses interventions plastiques. Du bel ouvrage ! Et d'où venait le détail ? Ma question se perd dans le brouhaha du salon. Non que la bande m'ignore, mais elle pousse le collectif si loin que la cohabitation, avec elle, n'est qu'une perpétuelle confusion. Les filles se disent tout, échangent vêtements et bijoux, et finissent les phrases les unes des autres. Banc de poissons, elles sont également capables de mener une conversation au cœur du plus grand désordre. Qu'on se figure : au moment où je répète, sur tous les tons, ma question sur l'origine de leurs renseignements, Fanny, qui me tourne le dos, fait varier un éventail de pages sur l'écran de son ordinateur, tandis qu'Audrey, qui se sèche les cheveux, répond à Léna par-dessus le bruit de son appareil, et que Lilou commente, à voix haute, les images arrivant sur son téléphone.

Le vacarme les isole comme un rempart, un haut mur derrière lequel je m'épuise. Debout au milieu du salon, je pourrais tout aussi bien être à 100 kilomètres : personne ne m'accrédite. Profitant d'un effritement du brouhaha, je grimpe sur l'éboulis pour signaler ma présence. Aussitôt elles affluent, attentives : ça va ? Tu te remets ?

Craignant de m'entendre, une fois encore, gémir sur mon exposition, elles embrayent sur la chirurgie : plutôt brillant, non ? Assurément. Mais d'où viennent les infos ? Fanny claque sur la table un petit appareil, dans lequel je reconnais une caméra extra-plate. Elle a placé l'objet dans la salle d'attente d'une clinique en vue. Comment ? Pris rendez-vous, tout simplement. Une fois à l'intérieur, attendu d'être seule pour positionner l'appareil. Mi-hauteur, face aux sièges. Tu as consulté ? Bien obligé : les clientes qui se ravisent, ça attire l'attention. Pour éviter les photos du visage, j'ai demandé du tour de poitrine.

Et ensuite ? Maeva me tend son ordinateur, m'invite à presser Entrée. Une image large et uniformément grise envahit l'écran. Au premier plan, une table basse, derrière, un canapé, et de chaque côté un fauteuil. Entre une femme, seule : « Les assistantes s'arrangent toujours pour que personne ne se croise et se reconnaisse », commente-t-elle. Masquée d'épaisses lunettes et visiblement nerveuse, la patiente manipule des magazines sans les lire. Au bout d'un moment, elle attrape son téléphone, et, pour voir l'écran, relève ses montures sur son front. Pause, agrandissement : le niveau de notoriété est tel que j'identifie sans peine. On est en direct, là ? Différé : ça limite la détection. Le mouchard a une autonomie de trois jours : passé ce délai, il faut le reprendre. En consultant, toujours ? Bien obligé. Le vrai problème, c'est la diffusion. On est obligé de distiller, sinon tout le monde comprendrait. C'est un peu frustrant, mais vu les sommes collectées, il serait malvenu de se plaindre.

Leur succès devrait me réjouir, il m'humilie. La chirurgie, il y a bien longtemps que j'ai identifié l'aubaine. Seulement, au lieu d'infiltrer, je me suis contenté de planquer. Sans aucun résultat : les cliniques sont des camps retranchés. Et voilà qu'en à peine trois clics, elles abattent les murs… Bien sûr, il faut scruter des heures d'images granuleuses, et conjecturer sur des visages obscurcis de foulards et de visières. Mais leur martingale donne à plein :

à rebours de mes intuitions, elles démontrent que l'on peut parfaitement mécaniser l'extorsion, que c'est même une proposition fructueuse.

Pour refaire mon retard, je retourne promptement ma veste et, prosélyte de la caméra, prône sa généralisation à outrance. Les filles renâclent : tu imagines le boulot ? Avec les salles d'attente, même en accéléré, on peine à dérusher, alors, en ville… Elles n'y sont pas. Il ne s'agit pas de câbler Paris, juste quelques endroits stratégiques. C'est-à-dire ? Les yeux sur la balle pour éviter qu'elle m'échappe, j'affranchis la petite bande. Elles ont sûrement remarqué – je laisse traîner la deuxième syllabe pour marquer le début d'un récit et, presque instantanément, le brouhaha décroît – qu'il y a, dans les quartiers les plus historiques de Paris, des immeubles dont les fenêtres sont perpétuellement closes. Elles ne s'ouvrent que quelques jours par an, à l'automne ou au printemps, lorsque leurs propriétaires, qui vivent loin de la France, y effectuent de courts séjours, souvent à l'occasion d'évènements bien identifiés : défilés de mode, courses hippiques… Le reste du temps, c'est compteur éteint, housse sur les meubles et plumeau dans les coins. Des régisseurs entretiennent les lieux, assistent aux réunions de syndics, et assurent la correspondance avec la municipalité. Mais l'activité réglée de ces concierges de luxe se double, plusieurs fois par an, de tâches moins routinières : ces logements vides sont utilisés pour des soirées « spéciales ». Le plus souvent, il s'agit de pokers, plus exceptionnellement d'orgies, mais cela peut aller jusqu'à des pratiques plus inhabituelles, comme des banquets d'espèces protégées. Auparavant, ce genre de réunions avait lieu dans les grands hôtels, qui louaient leurs suites, et leur silence, à prix d'or. Mais ces établissements n'ont plus, pour le hors-norme, la tolérance d'autrefois. Les amateurs sont donc contraints de se rabattre sur le domaine privé. Il doit y avoir, dans Paris, une dizaine de ces appartements à double usage, et c'est sur leur porte d'entrée que je propose de braquer nos objectifs.

Objet : *projet de courrier à vos créanciers*
Importance : haute
Envoyé le 21/04/21 à 10:42

Contenu :

Vous trouverez ci-dessous le message que je me propose d'envoyer dans 48 heures aux dirigeants des trois établissements détenteurs de créances sur votre entreprise. La fiduciaire qui vous accompagne sur le plan personnel recevra un message du même acabit.

« Monsieur,

« Alors que chaque jour rapproche dangereusement son groupe de la faillite, votre client use des fonds que lui a généreusement avancés votre banque pour… miser des sommes folles au jeu.

« Sur les photographies jointes à ce message, vous le verrez émerger d'un appartement où il vient de passer la nuit. Les individus qui l'entourent sont, à gauche, un joueur professionnel et, à droite, un promoteur de "grosse table", ces parties de poker privées qui brassent des centaines de milliers d'euros. Où votre client, quasi insolvable, trouve-t-il les fonds dont il a besoin pour jouer ? C'est simple : il puise en toute impunité dans la comptabilité qu'alimentent vos prêts. Abus de bien social ? Je crains que ce genre de considération ne pèse pas lourd quand, chaque nuit, on danse sur l'abîme… »

Si vous préférez que ce message reste dans sa boîte d'envoi, contactez-moi dans les prochaines 24 heures pour négocier un compromis.

Tout ronronne, et c'est mon tour d'être déçu. Comme disait le Bon Père, « limite, on rend service ! ». Lui cherchait le châtiment, moi, le spectacle. Avec les filles, ni l'un ni l'autre. Que des dossiers. On gère, on solde : *next* ! On se croirait dans un cabinet d'avocats.

Témoin, le joueur de poker. Plutôt que de s'énerver, il nous a très professionnellement demandé une estimation. On a négocié deux jours et, au final, obtenu les deux tiers de nos exigences. Au cours des libations qui célébrèrent ce nouveau succès, je finis par exprimer, sous l'influence libératrice de l'alcool, la frustration que me procurait l'épisode : le sas placé entre nous et la victime avait absorbé tous les chocs, et c'est comme si, au final, personne n'avait eu peur, le joueur pas plus que nous. L'écran avait assourdi les cris, et bu les émotions. Sans tapage, valait-il la peine de ? Sans scandale, pourquoi se ? J'avais le sentiment, décuplé par la boisson, de ne rien faire d'autre que de déclencher des explosions contrôlées, des tests sous-marins dont les épanchements formaient des tableaux certes colorés mais finalement anecdotiques, des fonds d'écran aussitôt oubliés. Quel est l'intérêt, répétais-je éméché, de manipuler toutes ces histoires pour ne rien raconter ? Sommes-nous devenus l'un de ces courtiers en vins qui jamais n'ouvrent leurs bouteilles ? Quand recommencerait-on à boire à la régalade ?

Ma déception, je le voyais bien, leur était étrangère. Les récits que nous allions, à grand-peine, chercher sur le récif n'étaient, à leurs yeux, rien d'autre que des stocks à écouler. J'étais pour elles ce cambrioleur qui, ayant brisé la devanture d'une bijouterie, essaierait parures et diadèmes au lieu de les fourrer au plus vite dans son sac. Ma frustration en était l'aveu : si je rançonnais, encore et toujours, c'était pour l'argent bien sûr, mais c'était aussi pour nourrir ma faim de feuilleton. La supplique, le goût immodéré de l'échine fléchissante avaient soutenu Mylène dans ses œuvres. Moi, c'était le débord, l'immense plaisir de la submersion, de l'intime débondant à gros bouillon dans la rue. Au fond, j'étais un partisan : j'aimais faire sauter les écluses, et dynamiter les barrages.

Et elles, qu'est-ce qui les anime ? Pourquoi ont-elles ciblé mon secteur ? Il existe, quand on est une jeune femme, des moyens plus rapides et surtout plus sûrs de gagner son autonomie. C'est là que je me trompe, m'ont-elles expliqué le lendemain, soignant ma gueule de bois d'une tisane de leur création. Quand on sort de nulle part, la donnée, c'est le bois mort : une matière première abondante et gratuite. J'objecte : dans les banlieues, les campagnes, c'est l'inverse qui se passe. Ceux qui veulent s'en sortir vendent leurs visages, et leur quotidien, plutôt que de marauder celui des autres. C'est vrai, et c'est comme ça qu'on a commencé : on s'est filmées, exposées, en espérant influencer. Mais tu ne gagnes rien, et tu fais tout. Avec les réseaux, la chaîne, elle est partout : chez toi, dans le métro, la rue… Quant à la plus-value, tu peux t'asseoir. D'où le chantage : là, au moins, la valeur, elle est pour toi.

Je n'attendais pas cette profession de foi, dont je peine encore à déterminer si elle est révolutionnaire ou marchande. Les deux à la fois, sans doute : la revanche, et le confort, le tout sans tapage. Une fois enrichies, elles reviendront en Normandie, achèteront une maison de maître, et vivront en surplomb, dans un luxe invisible.

À l'appartement, la moindre surface de mur disponible est désormais recouverte de photographies. Dans ce désordre, il y a des clichés de leurs vies d'avant, principalement des portraits de leur groupe, à tous les âges de la vie, et aussi des personnalités qu'elles admirent. Je reconnais les masques du groupe Daft Punk, parfaite illustration des convictions entrepreneuriales de la bande, ainsi qu'une femme posant, en robe de lin blanc, dans un intérieur suranné : tableau de Vasarely, lampe chinoise, plantes exotiques. Retenant ses cheveux d'une main, elle m'est sourdement familière. Mais qui ? Les filles s'amusent de mes efforts. Enfin ! C'est Madame Claude ! L'entremetteuse ? Oui ! Le film, la série, on a tout vu ! Comme Daft Punk, c'est tout ce qu'elles aiment : une franc-tireuse qui a pris la société au piège de ses désirs.

Objet : *projet de courrier à votre femme*
Importance : haute
Envoyé le 18/12/21 à 09:29

Contenu :

Vous trouverez ci-dessous le message que je me propose d'envoyer sous 48 heures à votre épouse, assorti des pièces que, à n'en pas douter, ses avocats adjoindront à la procédure de divorce qui vous oppose depuis de longs mois.

« Madame,

« Ayant eu vent, par la presse, de votre combat pour regagner l'indépendance financière et émotionnelle que vous refuse votre mari, je veux, par la présente, vous apporter un soutien, modeste certes mais, je l'espère, utile.

« Sur les deux photographies jointes à ce message, vous verrez votre mari entrer, puis ressortir, d'un appartement de plusieurs centaines de mètres carrés situé dans un quartier favorisé de la capitale. L'heure de ses apparitions, ainsi que sa tenue, laisse peu de place à l'imagination : il ne se rend manifestement pas à une soirée de travail. Impression confortée par le fait que tous les autres individus qui sont entrés dans le même appartement ce soir-là étaient des hommes et, à la notable exception de votre mari et de quelques autres, jeunes et bien bâtis (je tiens à votre disposition, si vous êtes intéressée, un jeu complet de clichés des participants).

« Soucieux de vous ménager dans l'épreuve, je n'ai pas voulu vous apporter d'éléments plus explicites, jugeant que ceux-ci vous suffiraient. Si vos avocats le jugent nécessaire, je serai cependant heureux de vous faire parvenir des captures d'écran des messages massivement diffusés, le même soir, sur des applications de rencontres masculines et qui sont autant d'invitations à venir grossir les rangs de l'assemblée à laquelle participait votre mari.

« Je vous prie d'agréer, Madame, l'expression de ma profonde sympathie et de mon total soutien. »

Si vous préférez que ce message reste dans sa boîte d'envoi, contactez-moi dans les prochaines 48 heures pour négocier un compromis.

Nos plantations de caméras tournent à plein rendement mais, déjà, les filles sont ailleurs. Plus loin, plus vite, plus fort. Jugeant notre trésorerie mal employée, elles pensent rachat, fusion, croissance. Je les incite, pour ma part, à profiter : le mobilier de leur appartement est chiche et leurs placards sont vides ! Sans compter le stress, la fatigue… La réponse claque comme un bris de bois sec : et moi, j'ai profité ? pris des vacances ? fait des enfants ? Moi, mesdemoiselles, je gagnais petit : pas d'autre choix que charbonner. Elles, à l'inverse, ont des options.

Rien à faire : développer, seul, les motive. Pendant de longues heures, elles s'absorbent dans des tableurs Excel et confèrent autour d'un tableau effaçable. De ces travaux, je suis tenu à l'écart : insensiblement, elles me déportent à la périphérie de notre petit groupe. J'ai cru garder les commandes quand, déjà, elles démêlaient les ficelles, repéraient des affaires, montaient des dossiers. Et c'est au moment où elles m'ont placé dans la lumière que je me suis trouvé sur la touche. Oh ! En douceur ! Avec égards ! Mais sans ambages possibles. Figure de proue, je suis en même temps potiche : elles me déplacent, me manipulent, tout cela sans s'embarrasser d'explications.

Nos rapports, je ne les ai pas vus changer. Je me croyais encore, non pas modèle, mais au moins associé. La réalité, c'est que j'étais déjà relégué au rang de comparse, peut-être même d'extra. Depuis le début, je m'illusionne : je crois les comprendre, quand tout m'échappe. J'ai aimé leur jeunesse, leur incongruité, sans me rendre compte que ces différences, précisément, me les rendaient impénétrables. Habitué, depuis trente ans, à deviner autrui, j'ai cru les lire comme je lis tout le monde. En fait, j'ai manqué tous les signes. Pourquoi ne me suis-je pas interrogé sur leur sexualité quand c'est toujours par là que je commence ? Soulagé que, sur ce plan au moins, elles m'épargnent, je les ai envisagées comme je m'envisage moi-même : des silhouettes, des ombres, sans lieu ni épaisseur. Depuis Lisieux, elles m'assignent un rôle providentiel – « Sauvez-nous, mon bon monsieur ! » Et moi je donne à plein… Comment ne pas être tenté de jouer les rédempteurs quand on a passé sa vie à damner ?

Elles n'avaient pas besoin d'être libérées, encore moins instruites. L'essentiel, elles le savaient déjà : il ne leur fallait qu'un véhicule. Ce fut le mien :

elles se sont saisies de la barre, qu'elles tiennent désormais à deux mains. Elles savent que je ne viendrai pas leur reprendre : je ne suis pas, comme Mylène, un entrepreneur, et n'ai aucun goût pour la propriété. La certitude de ma défaite s'accompagne d'un regret : l'âge d'or du chantage, je n'en serai que témoin. Les acteurs, ce seront elles.

Ma place, désormais, est celle d'un figurant, un croque-mitaine en costume qu'on exhibe pour épouvanter les victimes. Toutes ne réagissent pas à nos correspondances : certaines nécessitent une stimulation plus active. C'est dans ces cas de figure que l'on me mobilise : fort de ma réputation de prince de l'extorsion, je sais convaincre les récalcitrants.

Pour ces interventions, je soigne mon apparence : je me fais la tête de ma seule photo disponible, passe un costume sobre, mais de prix, des lunettes noires et des gants. Quel que soit le lieu du rendez-vous, j'arrive en retard. J'entre, salue d'un signe de tête et vais m'asseoir sans rien dire. Les filles, arrivées avant moi, font mine de se tendre dès que j'apparais : soudain, elles parlent plus vite, s'embrouillent et se contredisent. Je reste, pour ma part, parfaitement immobile. À peine ai-je, de temps en temps, un petit geste de la main, qui a sur elles l'effet d'une décharge électrique. Ce n'est qu'une fois l'accord conclu que j'ouvre la bouche : ôtant mes lunettes afin que mon interlocuteur reconnaisse le visage qu'il a vu dans la presse, je l'incite, en quelques phrases tranchantes, à respecter sa parole. Personne, à ce jour, ne s'y est soustrait.

Les filles adorent ces mises en scène, et je dois reconnaître que je les apprécie aussi, noyant, dans le cabotinage, l'amertume de ma relégation. Un temps, nous avons songé à doter mon personnage d'accessoires médicaux – canne, bandage, perruque – avant d'abandonner par peur de trop en faire. Même chose pour le lévrier : les filles voulaient en asseoir un à mes pieds.

Nous nous rattrapons sur les incidents, chorégraphiés au préalable : dans l'une de ces saynètes, je prends, sans prévenir, la parole pour raconter une histoire n'ayant aucun lien avec l'affaire discutée. À mesure que le récit progresse, les filles manifestent des signes d'angoisse de plus en plus visibles, communiquant leur fébrilité à toute l'assemblée. Bientôt l'auditoire est complètement suspendu à ma narration, sûr qu'elle va s'achever sur un cataclysme qui ne laissera personne indemne. J'étire, fais durer puis, d'un coup, me ravise, m'excuse d'avoir digressé et invite les négociateurs à reprendre leurs travaux. Libéré d'un poids immense, ceux-ci soldent les pourparlers en quelques minutes.

Très vite notre créativité s'est cependant heurtée à la pauvreté des décors disponibles : sans cesse, les mêmes salons privés, les mêmes box de parking et les mêmes jardins publics. Pour donner ma pleine mesure, j'ai convaincu les filles de transformer une pièce de l'appartement en cabinet à chantage. On l'a repeinte en noir, et surchargée de signes plus ou moins subliminaux de notre activité. Aux murs, des affiches : *Le Corbeau* d'Henri-Georges Clouzot ; *Chantage*, de Hitchcock, et *Sweet Smell of Success*, avec Tony Curtis. Dans de petits cadres, ma collection du *Grand Guignol*, la feuille de mon maître Georges Anquetil (« Les Scandales / Les Mœurs / La Politique / Les Affaires »). Enfin, à portée du canapé, quelques livres dans une bibliothèque : *Les Nuits de Paris* de mon cher Restif, *Les Liaisons dangereuses*, bien sûr, mais aussi, et dans leur édition illustrée, les merveilleux fascicules des *Esclaves de Paris* d'Émile Gaboriau.

Pour compléter la décoration de ma bonbonnière empoisonnée, j'ai acquis, en salle des ventes, des lettres de délations composées en découpes de journaux, et des mini-magnétophones cachés dans des briquets. J'ai également assorti mes volumes, ajoutant, entre Laclos et Restif, les *Mémoires* de Saint-Simon.

J'aime passionnément cette vieille chouette versaillaise : j'y vois un frère. Peut-on raisonnablement imaginer qu'il n'a fait aucun usage des cadavres dont il bourrait ses placards ? On conserve du duc une lettre anonyme à Louis XIV : pourquoi n'en aurait-il pas écrit d'autres, beaucoup d'autres ? Dieu sait qu'il avait la matière ! Depuis les liaisons incestueuses du duc d'Orléans jusqu'au mariage secret du cardinal Dubois, le texte de Saint-Simon est une malle aux trésors honteux. Combien d'après-midi perdues à rêver à leur emploi ? Aujourd'hui encore, rangeant une édition précieuse et récemment acquise des *Mémoires*, je ne peux m'empêcher de relire, pour la centième fois, mon passage favori. C'est en 1712, juste après la mort du duc de Bourgogne, alors dauphin. Saint-Simon, qui fut son secret vizir, panique : que vont devenir les lettres et rapports dont il nourrissait l'héritier ? Écrits de sa main, ces documents fustigent la cour, et accablent jusqu'à Louis XIV, qui connaît son écriture ! Terrifié qu'ils ne circulent, le duc rétribue des valets afin qu'ils ensevelissent ses papiers sous un déluge de notes insignifiantes. Le souverain, qui n'aime pas s'attarder, feuillette distraitement la liasse et n'y voit rien de notable. Saint-Simon est sauf. Cet épisode, à lui seul, fait du duc l'un des nôtres : tous les corbeaux ont connu des mésaventures semblables.

Sans la clé du chantage, les *Mémoires* restent impénétrables. On croit lire un pensum alors que c'est un magasin d'explosifs, un immense stock de munitions rangées dans des coffres blindés. Infidélité, trahison, escroquerie, Saint-Simon recense tout, donne les noms, arrache les masques. On m'objectera que son arsenal n'a jamais servi : mais qu'en sait-on ? De son vivant, certes, il n'a rien publié. Cela ne veut pas dire que ses souvenirs sont restés inemployés. On considère, à tort, que le chantage est une transaction pécuniaire : c'est faux. Il existe bien d'autres façons de solder un racket : sexe, biens, titres, les moyens de paiement sont variés. Pourquoi Saint-Simon ne se serait-il pas servi de son artillerie pour conforter ses privilèges ? Si l'on excepte quelques années de disgrâce, notre duc s'est imperturbablement maintenu en place durant une période particulièrement agitée de l'histoire de France : est-il si incongru de penser que c'est en partie grâce à ses archives de la compromission ?

La visite des trois étages mis en vente, rue François-Ier, par une foncière bien connue, est une expérience instructive. Vastes, bien aménagés, et situés au cœur du triangle d'or parisien, ces locaux comportent, pour qui aura la curiosité de se risquer jusque sous les toits, deux petits réduits de quelques mètres carrés chacun. Le premier, tendu de papier peint rose pâle, a manifestement servi de chambre, et le second, à en juger par les arrivées d'eau, de salle de bains (nos photos). Quel usage le fonds d'investissement qui occupait précédemment l'immeuble faisait-il de ces locaux ? Et pourquoi a-t-il occulté leurs fenêtres ? Le seul susceptible d'éclaircir ce mystère serait l'ex-président du fonds, un temps pressenti pour intégrer le gouvernement et aujourd'hui Senior Advisor d'un grand cabinet d'avocats. La chambre secrète n'est en effet accessible que par un petit escalier qui part… de son ancien bureau ! On peut bien sûr imaginer que le grand argentier ait eu besoin de faire des siestes, voire de dormir sur place durant des négociations ardues. Mais pourquoi, dans ce cas, masquer la communication entre les deux pièces par une cloison amovible ? La solution de ces petites énigmes vous sera donnée la semaine prochaine.

Message posté le 07/03/22 à 08:54 sur les forums d'*Immopro*, site d'annonces d'immobilier d'entreprise, et supprimé par les modérateurs un peu plus de 5 heures plus tard, non sans que près de 30 000 utilisateurs l'aient lu et, pour beaucoup, fait suivre.

Humilié d'être traité en meuble, j'ai eu un brusque sursaut et cherché un coup qui puisse restaurer mon orgueil. Dans ma banque à ciel ouvert, je n'ai trouvé que cette mansarde, dont j'ai facturé chaque mètre carré au prix fort. L'ex-P-DG n'était pas le seul à user de cette pièce : il la prêtait, avec son occupante, à ses meilleurs clients.

Quand je ne bricole pas dans mon coin, je joue les portefaix. La pantomime est désormais bien rodée : je n'ai qu'à animer le masque de mon personnage pour que ploient les victimes. Je devrais m'en réjouir – ce rôle garantit ma place –, je ne sais que m'en désoler : comme autrefois Mylène, je suis devenu un homme de main.

Les filles, de leur côté, multiplient les conciliabules. Par bribes, je comprends qu'elles guignent l'international. Elles m'ont toujours reproché de me cantonner à la France, et j'ai toujours protesté : il n'y a pas d'ailleurs ! Paris seul permet le racket. Londres est plus riche, New York plus vaste, Dubaï plus divers. Mais dès qu'on circule, on voit qu'aucune de ces capitales n'offre la marge indispensable à l'extorsion. Londres n'est qu'une collection d'enclaves : songez que les parcs de Knightsbrige et de Belgravia sont réservés aux riverains ! Quant à Dubaï, ce n'est rien moins qu'une ligne Maginot : chaque plage, chaque résidence sont fortifiées de hauts murs. Pas besoin d'épiloguer sur New York : qui peut imaginer récolter quoi que ce soit au fond de ses canyons ? Non, Paris seul, sans îlots ni retraites, permet le chantage. Comment expliquer, autrement, le fait que la pratique soit chez nous tradition ? Que, de la Terreur à l'Occupation, la délation est l'une des constantes de notre histoire ?

Pour manifester ma mauvaise humeur, je vais bougonner dehors. Je marche le nez au sol et quand je le relève, c'est Iéna, Friedland, Montaigne. Les bassins versants du saumâtre.

Avec le sourire hésitant de l'exilé revenu au village, je dévale mes pentes naturelles : le grand triangle que forment ces trois axes m'est plus familier que ma propre peau. J'y ai tellement traîné, planqué, grenouillé que je connais le nom, l'histoire et parfois le code d'accès de chacun des habitants, ainsi que la liste du personnel de tous les établissements installés dans le périmètre. Des cuisines aux suites royales en passant par la blanchisserie, tous ceux qui travaillent et séjournent ici m'ont un jour aiguillé, fourni, maudit. Tous, des grooms aux clients, me doivent quelque chose : une gratification, une victoire, une disgrâce. Je suis le seul service permanent de ce voisinage.

Comme à chacun de mes passages, j'envoie des signes d'intelligence dans toutes les directions : ici, je suis à la fois invisible et surpuissant. Mais au lieu de l'effusion de connivence habituelle, c'est une vague de regards hostiles qui me saisit comme une eau froide. Du seuil des hôtels à adultères et des bars à trahisons, voituriers, serveurs et concierges me fixent sans aménité. Ébranlé, je poursuis ma progression, mais le gel vire à la glace : vigiles et chauffeurs me désignent en chuchotant, et bientôt ce sont leurs clients qui me toisent, au point que certains passants, percevant la muette agitation qui m'entoure, se retournent sur mon passage. Je brûle et frisonne sous l'opprobre mais refuse d'en rabattre : je suis, qu'ils le veuillent ou non, pilier de leur décor. Mon art les a nourris, vêtus, logés : et il faudrait que je disparaisse ?

Bientôt, en jets d'épluchure, fusent les épithètes. On m'attrape le bras. C'est Liv, une figure du quartier : tour à tout chasseur, garçon de salle et d'étage, il a travaillé partout, connaît tout le monde. Comme tous les autres, il m'a renseigné. Mais aujourd'hui il écume. Dégage, grince-t-il, dents serrées, dégage vite. Mais pourquoi ? L'interview ! Le corbeau anonyme, c'est toi, tout le monde le sait ! Et alors ? Tu nous compromets !

Les clients, les patrons, tout le monde ne parle que de ça ! On a été interrogé. Pour savoir si l'on te connaissait. Certains sont soupçonnés de t'avoir rencardé. Qu'est-ce qui t'a pris ? Ostensiblement, il me repousse, par crainte sans doute qu'on m'associe avec lui. À voix haute, il m'invite une nouvelle fois à dégager tout de suite mais, sans l'entendre, je poursuis mon chemin de croix.

Les cent mètres qui suivent sont généreusement arrosés de mépris : sifflets, insultes, bousculades. L'assaut est tel que, craignant qu'il dégénère, j'oblique dans la rue Jean-Goujon, siège de l'église Saint-Jean-Baptiste. J'ai souvent usé de cette chapelle arménienne, stratégiquement située, pour collecter des rançons : je demandais aux victimes de placer l'argent sous un banc, et venais le récupérer quelques heures plus tard. Aujourd'hui c'est mon refuge. J'ai une certaine habitude du pilori, mais la vigueur de la haine, cette fois-ci, m'étonne.

Faisant les cent pas dans les travées, j'attends que l'orage se calme. Fini, l'invisibilité ! Désormais, je ferai sonner tous les portiques. Plus personne ne m'aidera : j'ai sauté hors du bocal.

Périodiquement, je jette un œil dehors. Lorsque les trottoirs sont vides, je me risque. À pas pressés, je m'échappe vers l'Alma. Soudain, à ma hauteur, une portière s'ouvre. Terrifié, je m'aplatis contre le mur, serrant le poing sur mes clés. Mais l'homme arbore un large sourire : il a lu mon entretien dans la presse, cherche à me rencontrer.

J'ignore de quoi il s'agit et, s'il veut bien m'excuser, je suis pressé. Écartant les mains, paume tournée vers moi, il tente de me rassurer : en terrasse avenue Montaigne, il a remarqué l'agitation que je suscitais. Une serveuse l'a éclairé, il m'a suivi, c'est tout. Vraiment, il n'est qu'admirateur, pas adversaire. Vraiment, je l'assure qu'il se trompe. Vaincu, il s'écarte, dévoilant, à l'extrémité de la rue, deux silhouettes massives et très ostensiblement postées. Dès qu'elles me voient, elles s'avancent, déterminées. À mon regard, mon interlocuteur comprend la situation et, désignant sa voiture, renouvelle son offre de service... Suis-je tombé si bas qu'il faille sauter dans des véhicules inconnus ? Apparemment, oui : je n'ai aucune envie de faire connaissance avec mes poursuivants.

Conscient que mon sauvetage se paiera en aveux, je m'applique à en reculer le moment. Je remercie, puis me tais, visiblement ébranlé. Respectueux, mon chauffeur ne pose aucune question, se contentant de rouler : quais, périphérique, A13. On prend des sorties au hasard, repart en sens inverse. À la longue, l'ennui fragilise mon vœu de silence : le long des routes, les formes primaires des entrepôts semblent les épreuves d'un test cognitif. Pour meubler, je desserre les lèvres. Aussitôt, l'inconnu me relance et, cahin-caha, la conversation s'engage. Au bout de quelques kilomètres, mon chauffeur se révèle compère : comme moi, il rançonne. Seule différence, il ne fait pas dans l'humain : il assemble des programmes qui, actionnés à distance, verrouillent les serveurs d'entreprises. Pour les récupérer, les sociétés piégées doivent payer.

J'entends déjà les filles quand je leur raconterai : le cousinage mis à part, quel rapport avec nous ? Mon nouvel ami s'appelle Zev. À parution, il a lu mon portrait. Ça lui a ouvert des perspectives : depuis des semaines, il cogite, et cogitait encore quand je me suis matérialisé sous ses yeux. Curieux du sillage d'hostilité qui m'accompagnait, il s'est enquis. Quand il a su, il s'est précipité.

De retour à l'appartement, les réactions sont à peu près conformes à celles que j'attendais : désintérêt manifeste, doublé de méfiance instinctive. Je ne les blâme pas : cette attitude a longtemps été la mienne pour tout ce qui touche à l'informatique. Mais cette fois, c'est différent, alors j'insiste. Comparée à la nôtre, l'activité de Zev est sans risques. Caché derrière ses écrans, il opère en douceur. Seul aléa : le temps. Plus l'argent tarde à venir, plus il est exposé. D'où son idée : précipiter les versements en diffusant, au compte-goutte, les éléments les plus sensibles des serveurs séquestrés. Et quel meilleur partenaire – je me frappe la poitrine – que le premier corbeau de France ?

Avant de leur présenter, j'ai longuement répété mon discours, geste et mimiques comprises. Tout à ma joie, je soliloquais : n'étais-je pas, moi le déconnecté, sur le point d'apponter le virtuel ?

N'apportais-je pas, moi l'homme de paille, le gros coup ? C'est donc guilleret comme un VRP que je suis monté à l'appartement, ai sollicité l'attention, et exécuté ma performance. Succès d'estime. Je me suis agacé : m'avaient-elles entendu ? Assurément. L'affaire, néanmoins, avait un coût, et pas négligeable. Le sale, si elles avaient bien compris, il fallait l'extraire : il n'était pas prêt à l'emploi. Ça voulait dire main-d'œuvre, et qualifiée : on ne filtre pas ce type de données sans savoir-faire. Donc c'était non ? Je n'en croyais pas mes oreilles : une opportunité pareille ! Sèchement, les filles ont coupé court à mon agitation, et demandé un moment. J'ai croisé les bras pour fulminer à mon aise, jusqu'à ce que je comprenne à leurs regards insistants qu'elles attendaient que je me retire : on en était là ! C'est une chose de connaître ma disgrâce, mais la voir aussi crûment manifestée ! Avec hauteur, je suis allé me barricader dans mon boudoir aux toxiques. Et c'est là, quelques heures plus tard, qu'elles vinrent m'informer de leur décision : pour Zev, c'était d'accord, mais seulement si je prenais les opérations en charge. L'orpaillage, les livraisons, le suivi, bref, le tout. Sans ça, ce n'était pas rentable. Depuis quand chevauchaient-elles ainsi la réalité à cru, depuis quand envisageaient-elles le monde avec ce détachement calculateur, repérant les opportunités comme un agent immobilier les décès ? Après tout, peu m'importait : même diminué, même déchu, j'étais malgré tout sur la frontière digitale. Quelle revanche sur mes échecs passés ! J'acceptai leur marché.

Elles aussi avaient fait une rencontre : « on » les avait approchées. Pour faire du politique. Et ? La proposition méritait réflexion. La proximité du danger m'électrise. Sans dire un mot, je me lève, les ramène au salon et désigne, au mur, la photo de Madame Claude sur le tableau métallique de leur pêle-mêle. Voyez cette femme que vous admirez ? Eh bien, « le politique », comme vous dites, c'est ça qui l'a perdue. Avec son agence d'*escorts*, elle était montée très haut. Mais elle a voulu aller plus haut encore et s'est avisée de facturer double : pour la compagnie, et pour le silence. Il faut dire que les ébats, chez Madame Claude, étaient documentés – je sais de quoi je parle, j'y ai travaillé (sidération sur le canapé : attends, tu l'as CONNUE ?). À peine : elle m'a confié de petits jobs. C'était de l'argent facile : on bossait derrière des miroirs, il fallait juste que le client soit reconnaissable. De la photo vite fait, payée cash : sa police d'assurance, au cas où. Et puis un jour, elle a ressorti ces clichés du placard, les a mis sous le nez de quelques personnalités. Résultat ? Contrôle fiscal, enquête, prison. Elle ne s'en est jamais relevée.

L'État, à ce jour, nous épargne : on est, dans notre branche, rarement inquiété. Dans ces conditions, à quoi cela sert-il d'aller provoquer le pouvoir ? Pourquoi chahuter le *statu quo* ? Le politique se traite par petites touches : un petit secrétaire d'État par ici, un directeur d'administration par là. Mais jamais de candidat, de ministre ou, pire encore, de président. Sans parler des rois ! Autrement, l'hallali. Et pour rien ! Les dirigeants ne sont jamais le pactole qu'on croit.

Mon plaidoyer, elles l'écoutent, mais à contrecœur : mes préventions sont d'un autre temps. Et dès que j'ai fini, elles contestent : avec tes principes idiots, on se prive d'un marché énorme ! Le politique est friand de notre art, il n'y a qu'à voir le maire de Saint-Étienne, celui qui avait piégé son adjoint : des types comme lui, la France en est pleine ! Les villes moyennes, les baronnies, tout ça regorge de jalousies et de rancœurs qui cherchent exutoire. Aujourd'hui, ça manigance en amateur, mais demain, si un prestataire spécialisé venait leur proposer ses services… Les voilà qui s'échauffent, se coupent. Elles ne vont pas rester des artisans toute leur vie ! Avec mes craintes, j'étouffe leurs ambitions ! Et puis je refais l'histoire ! Sur Madame Claude, pardon, ce n'est pas cela : ce qui l'a perdue, c'est l'argent. Racketter, elle l'a toujours fait. Simplement, ses exigences n'étaient pas pécuniaires : c'était du classement d'enquête, du passe-droit fiscal, des avantages divers. Quand elle a demandé paiement, effectivement, ça s'est gâté. Mais elle n'a jamais fui le pouvoir. Au contraire, elle l'a activement recherché. Et étroitement collaboré.

Je les préviens : sur les caméras, la presse, la publicité, j'ai ployé, parfois à mon corps défendant. Mais là, le politique, c'est ma ligne rouge. Elles ne répondent pas, mais leurs mines goguenardes semblent dire ah oui ? Et qu'est-ce que tu vas faire ?

Fil du compte « Scanner » (description : « le monde aux rayons X »)

THREAD (lire)

Le ministre du climat sous un jour inattendu (lire la suite ↓↓↓ PHOTOS ET VIDÉOS).

L'écologie, c'est bien, mais pour se détendre, rien ne vaut le diesel ! (lire la suite ↓↓↓).

EXCLUSIVITÉ SCANNER ! Parmi ces estivants qui font ronfler leur jet-ski dans une crique paisible, on reconnaît… notre ministre de l'Environnement (voir la vidéo ↓↓↓).

La photo date d'avant sa nomination, mais elle éclaire d'un jour… particulier la force de ses convictions. Surtout si l'on élargit le champ… (lire la suite ↓↓↓).

Au grand angle (notre photo), on voit en effet que les jet-skis enfourchés par le futur ministre et ses amis appartiennent… à un yacht, amarré plus loin !!!!

Comment ne pas rapprocher cette scène des déclarations des membres du gouvernement sur les milliardaires qui « salissent la planète avec leurs jets et leurs yachts » ?

Jamais publié

L'essentiel, ce sont mes livres. Et une copie des serveurs. Tout le reste, je rachèterai. Je vais lancer une duplication de tous les fichiers. Et cette nuit, quand les filles dormiront, je déguerpirai.

Car il faut partir : l'affront est trop direct. Non content d'ignorer mes mises en garde, elles m'écartent de plus en plus ostensiblement : ce nouveau canal, *Scanner*, je l'ai découvert, comme tout le monde. Jamais elles ne m'en avaient parlé. J'imagine qu'elles me testent, veulent voir comment j'encaisse.

Fuir, donc. Mais où ? Hors de question de réintégrer mon ancien appartement : elles le connaissent trop bien. Une solution serait de renouer avec Mylène, et de m'installer dans sa ferme. Il y a un aléa, bien sûr : ma très nuisible camarade voudra sans doute que j'expie. Mais, si pénible que soit l'épreuve, j'y gagnerai une place forte, et une alliée.

La conclusion de tout cela, c'est que j'ai beaucoup vieilli : il y a dix ans, je ne me serais jamais laissé embarquer comme ça. J'étais plus méfiant alors, plus roublard. Colonne de gauche, colonne de droite : la grille à double entrée, c'est la passion du maître-chanteur. Quoi qu'il fasse, il faut qu'il soupèse, évalue. Son aire est graduée. D'où ses affres, dont ce journal témoigne, quand le réel quitte les courbes. À la moindre déviation, nous voilà refaisant nos additions, reprisant la trame, replaçant nos appâts. Sans cesse, il faut réévaluer : et si ? Mais alors ? Aurais-je ? La vie au trébuchet. Souvent en pure perte, mais sans rémission. C'est notre morne quotidien.

Morne, aussi, est le trajet vers Lisieux. La perspective de m'humilier face à Mylène n'est guère réjouissante, mais le paysage, en bandes alternées, n'arrange rien : ciel, blé, bitume, en défilement interrompu. L'effet hypnotique est si fort qu'au terme de quelques kilomètres s'y superposent, en traces d'essuie-glace, les souvenirs d'anciens trajets. La première fois que j'ai roulé vers Lisieux, c'était la peur au ventre. J'allais rencontrer Mylène, et je craignais le piège. Le même itinéraire, quelques années plus tard, fut triomphal : je venais de proposer à celle qui entre-temps était devenue ma complice de lancer *Effraction*. Bientôt, sur la scène, apparaîtraient les filles.

Pour éviter que Mylène rumine, je ne me suis pas annoncé : la bile que sécrète mon ex-acolyte est corrosive. À destination, le portail bâille, et le dogue est muet : les flancs creusés, il souffle et bave, le museau dans les pattes. À l'intérieur, Mylène gît, inconsciente, dans son fauteuil. Vérification faite, elle dort, mais le sommeil est si lourd qu'il est sans doute chimiquement provoqué. Basse sourde et continue, sa voix, même quand elle ronfle, demeure menaçante. Les pièces sont dans un état effrayant : vaisselle sale, déchets, insectes. Le réfrigérateur ne recèle que du vin. Je secoue Mylène pour qu'elle s'éveille. Elle lutte, peine à me reconnaître. Je parle doucement, propose un verre d'eau. Elle boit, émerge, m'examine, puis tend les bras pour que je l'aide. S'appuyant sur moi, elle murmure : je t'attendais.

Depuis l'abandon des filles, son visage s'est marqué, son corps alourdi. Pesant sur mon bras, elle claudique vers sa chambre, et je doute soudain que cette femme diminuée me soit d'un quelconque secours. J'ai tort : changée, rafraîchie, Mylène siffle toujours le ressentiment. Moins contre moi, qu'elle absout d'un geste, que contre son ancienne troupe : la perspective de meurtrir celles qui furent ses protégées la met en joie. Sur sa déchéance, elle épilogue : le tableau que présente la ferme est suffisamment éloquent. Je propose de passer un coup de balai, et de refaire les stocks. Elle accepte de bonne grâce.

Au terme d'une journée de rangement, nous dînons sur un coin de table, avant de silencieusement nous retirer, chacun dans une aile du corps de logis. Je n'ai même pas eu besoin de demander l'hospitalité. Le lendemain, je poursuis le gros œuvre ménager, et la conversation. Bientôt Mylène sait tout : *Effraction*, mon entretien dans la presse, le putsch de la bande. De son côté, elle éclaire leurs origines. Elle les connaissait de vue, les avaient vues traîner un peu partout : parking, centres commerciaux, etc. Plusieurs fois, elle les avait abordées, sans grand résultat : elles refusaient obstinément tout travail. Un automne, elles se sont installées pas loin, dans une grange abandonnée et, dès les premiers froids, ont rappliqué. Mylène leur a prêté une dépendance et, de cigarettes partagées en radiateurs prêtés, les a petit à petit apprivoisées, tant et si bien qu'au printemps elles étaient à la ferme. De quoi vivaient-elles, à l'époque ? Elles avaient un petit pécule, mais Mylène n'a jamais su d'où il venait. Elle a présumé un cambriolage, sans aucune certitude. Flotte sur toute cette période comme une ombre, un personnage lointain, qu'elle n'a jamais identifié. Elle devine seulement qu'il parlait anglais, car les filles, un temps, ont étudié cette langue. Elles bûchaient leur vocabulaire, allaient régulièrement à Paris. Ça a duré quelques mois. Ensuite, Mylène a fini par les convaincre d'être ses standardistes.

Reprenant l'autoroute, mes pensées s'attachent à cette figure sans contours. Naïvement, j'ai cru être leur premier mentor. Et s'il y avait eu quelqu'un pour les instruire, avant ? Cela expliquerait leur roublardise : les ficelles, elles les avaient déjà. Manquait juste la technique, et c'est ce qu'elles sont venues apprendre chez moi.

Sûr d'avoir un point de chute, je dois maintenant organiser le rapatriement de mes affaires. Manœuvre délicate : il faut, en pleine nuit, entrer dans l'appartement que je partage avec les filles, rassembler ce qui m'appartient, et sortir sans réveiller personne. J'ai attendu 4 heures du matin pour procéder. Manœuvrant en chaussettes, et à l'aveugle, j'ai ramassé mes livres, et attrapé les disques durs. Mais quand j'ai voulu ressortir, le pêne de la porte tournait à vide. Au risque d'hypothéquer l'opération, j'ai allumé mon téléphone, et constaté mon impuissance : pendant que j'opérais, on avait désactivé la serrure. Dans le faisceau de lumière, l'entrée était vidée de meubles : qu'est-ce qui s'était passé ? Jetant silencieusement un coup d'œil alentour, j'ai trouvé le salon désert, lui aussi, tout comme, m'enhardissant, les chambres des filles : si mon intrusion n'avait pas été remarquée, c'est qu'il n'y avait personne pour le faire. Actionnés, les interrupteurs ont révélé un appartement entièrement dépouillé, à l'exception de la cuisine et de mon cabinet de curiosités. Revenant vers la porte, je n'ai pas réussi à la faire bouger. Quant aux fenêtres, elles étaient scellées. J'étais pris.

Fil du compte « Scanner » (description : « le monde aux rayons X »)

Story *mise en ligne le 27/11/22 à 21 : 02 (1/8 photos)*

1/8 Rien, en apparence, ne distingue cette ferme des exploitations alentour : même boue dans les cours, même rouille sur les granges et mêmes chiens qui s'époumonent.

2/8 C'est pourtant ici, dans un hameau non loin de Lisieux, que se terre, depuis quinze ans, la protagoniste d'un des pires faits divers qu'a connus la France.

3/8 Sur ces images d'archives, elle est à peine adolescente.

4/8 Depuis, son visage a vieilli, son corps a enflé. Le regard, cependant, reste le même : dur, presque inflexible.

5/8 Et la voix : un matin de 1982, souvenez-vous, ce timbre sourd glaça le pays tout entier avec ses demandes inhumaines. Dans une cassette envoyée aux radios, elle menaçait d'exécuter son petit otage si ses demandes financières, exorbitantes, n'étaient pas satisfaites.

6/8 L'avertissement, on s'en souvient, fut suivi d'effet. Appréhendée, la meurtrière ne manifesta aucun remords.

7/8 Mineure au moment des faits, elle a vu sa peine régulièrement aménagée et a pu, peu après son 35e anniversaire, recouvrer sa liberté.

8/8 Les circonstances de son installation près de Lisieux, ainsi que ses moyens d'existence, demeurent mystérieuses. Ses voisins savent-ils que la femme bourrue qu'ils croisent parfois dans les chemins creux est coupable d'un des crimes les plus atroces du siècle dernier ?

Story disparue du fil le 28/11/22 à 22:07

Ainsi, elles savaient ! Elles ont vécu avec Mylène en sachant qu'à leur âge, ou peu s'en faut, sa photo, barrée de manchettes infamantes, s'étalait à la une de tous les magazines ? Comment ont-elles eu ce cran ? Et surtout comment ont-elles su ? Il m'a fallu plusieurs années, à moi, pour démêler le passé de Mylène, et plusieurs années encore avant de l'asservir. Elles ? Quelques mois.

Écraser ma petite sédition leur aura pris moins de temps encore : vingt-quatre heures à peine. À peine conjuré, j'ai été embastillé, et ma détention est sans perspective : quelle police ira s'émouvoir de mon sort ? Qui, dans mon carnet d'adresses, s'inquiétera de mon silence ? Ma neutralisation a été efficacement organisée.

Les filles n'ont même pas fait l'effort de se justifier. Le lendemain de mon incarcération, elles se sont contentées de dépêcher un auxiliaire, pour le linge et les provisions. Haut et large, l'homme a stoppé mes protestations d'un geste : inutile de m'épuiser, il ne savait rien. Il était là pour récupérer mon téléphone et me fournir ce dont j'avais besoin. Et si urgence ? Il y avait un bouton dans la cuisine – il m'a montré –, mais attention, pas d'abus (le propos a été appuyé d'un regard lourd). Pas d'aventures non plus : les vitres sont blindées, et le compteur protégé.

Il m'a laissé mon ordinateur, dont j'ai immédiatement fait usage pour insulter les filles. Aucune réaction. Furieux, je me suis acharné, mais rien ne semblait pouvoir entamer leur indifférence et j'ai fini par me lasser. Le ravitaillement, après tout, respectait mes goûts, et le blindage assurait le calme. La certitude de la défaite m'ayant délivré de l'impératif du combat, j'ai pris le parti de me détendre, et de reporter à plus tard l'examen de l'avenir.

Calé dans les confortables fauteuils qui meublent mon cabinet de chantage, j'en profite pour rattraper mon retard de lecture. Ayant désormais les moyens d'acquérir des pièces rares, j'ai, peu de temps avant mon internement, trouvé un exemplaire des *Anecdotes sur Fréron*, une brochure imprimée en 1761 sur les ordres de Voltaire. De tous les écrivains qui ont tâté du racket, l'auteur de *Candide* fut sans conteste le professionnel. Il écrivait des libelles, ces livres anonymes calomniant les personnalités du temps et qu'on rachetait à prix d'or. Mais si les libellistes mélangeaient rumeurs et faits établis, Voltaire, lui, prenait grand soin de n'user que du vrai, profitant du réseau des « philosophes » pour vérifier les informations les plus gênantes. Le personnage-titre de la brochure dont je me délecte est ainsi très méticuleusement sali d'histoires de chambres et de tripots, assaisonnées de récits de malversations commerciales.

Voltaire a-t-il tiré profit de ses opuscules *ad hominem* ? Sa correspondance reste muette à ce sujet, mais ce silence ne vaut pas blanc-seing, au contraire. Voltaire, on le sait, écrivait à la demande : il a, entre autres, produit un très servile *Panégyrique de Louis XV*. Je ne peux donc m'empêcher de penser que les fastueuses pensions dont on le couvrait n'étaient rien d'autre que des rançons déguisées. Inquiets que le polémiste ne s'intéresse à leurs affaires, ses mécènes prenaient assurance, et couvraient leurs arrières.

Je conjecture. Sans recherches sérieuses, difficile de se risquer plus loin. À mon grand regret, l'Université ne s'est jamais intéressée au chantage. J'ai un temps songé à y remédier. Par des biais détournés, bien sûr. Mon idée était d'instituer un centre d'étude de la « littérature fonctionnelle », champ que je définissais comme l'ensemble des textes à effets « réels », ce terme pris dans le sens dont on use pour qualifier des balles. La discipline aurait décortiqué la mécanique des récits érotiques, des opuscules publicitaires et des hagiographies, et considéré pamphlets, romans à clés et, donc, libelles. Je voulais financer la chose par le biais de Liechtenstein ou de Malte, avais même imaginé des colloques… De ces rêves, bien sûr, il n'est jamais rien sorti, et ma frustration d'amateur reste intacte.

Je garde malgré tout la conviction profonde qu'une parenté secrète lie écriture et extorsion. Nourris de secrets, ces deux métiers d'art flétrissent leur matière, et publient leur trahison. Pour toute phrase imprimée, quelqu'un, quelque part, paie, que ce soit en confidences éventées, en humiliation publique ou en réputation salie. C'est donc en lointains cousins, voire en collègues honteux, que je considère les auteurs que je collectionne. Chez eux, chez moi, mêmes méthodes, mêmes sujets et même vocabulaire.

J'ai pris conscience de cette identité très jeune, avec un livre que l'on ne lit plus guère : *Le Bon Plaisir*, de la journaliste Françoise Giroud. Paru deux ans après l'élection de François Mitterrand, le roman raconte l'histoire d'un président menacé par la révélation d'une paternité cachée. L'allusion était immanquable : le nouveau chef de l'État avait lui aussi un enfant secret, et, comme dans *Le Bon Plaisir*, s'évertuait à taire son existence. Pour que le principal intéressé sente la pointe, Françoise Giroud avait poussé la perfidie jusqu'à faire publier son texte dans une maison peu connue mais dont le nom était celui de la progéniture présidentielle : Mazarine. Quarante ans plus tard, ce raffinement m'est toujours délectable : en première lecture, il m'avait électrisé. Avec *Le Bon Plaisir*, je découvrais que mes petits coups de mains – centrés, à l'époque, sur un demi-monde cocaïnomane – n'était pas une pratique honteuse, que d'autres, et non des moindres, creusaient ce sillon, et sur une plus grande échelle. Usé par les relectures, le volume qui précipita ma vocation trône toujours, et en bonne place, dans ma bibliothèque.

Conçu à l'origine, comme un décor, mon cabinet noir est peu à peu devenu le lieu privilégié de ma réclusion. C'est la seule pièce meublée, et confortable, et tous mes livres sont à portée de main. À vivre sur cette scène vide, je me fais parfois l'effet d'un acteur vieillissant, un Béla Lugosi ne quittant plus sa cape ou une Sarah Bernhardt recevant ses invitées en tiare d'Athalie. Pour rompre le sortilège, j'essaie d'élargir mon aire mais, dans les pièces vidées par les filles, j'ai l'impression de camper, et finis immanquablement par me rapatrier dans mon étude.

Cette villégiature oisive a pris fin un matin avec le dépôt, par mon geôlier, d'une lettre et d'un paquet. La lettre était signée Zev et m'informait qu'en mon absence, il avait signé avec les filles. En conséquence, expliquait-il, il m'adressait deux disques durs bourrés de données à tamiser. J'ai déchiré la lettre, remballé les boîtiers, et remis le tout exactement à l'endroit où on me l'avait déposé. Deux jours plus tard, en grand équipage, les filles passaient ma porte.

Comme elles ont changé ! En quelques semaines, retouches discrètes et raccords imperceptibles ont gommé les dernières traces de Lisieux : elles paraissent plus urbaines, plus âgées aussi. Et puis elles se distinguent : l'air de groupe est là, mais chacune a pris son pli. Les vêtements serrent les corps, les chaussures le haussent, et les mains sont augmentées de sac et d'accessoires divers. Pas un téléphone visible : l'allure générale, la pose, même, se sont nettement sophistiquées.

Côté manières, en revanche, on reste à Lisieux : le ton est direct, et les égards inexistants. En phrases brèves, Maeva assène : j'aurais dû subir le sort de Mylène. Il y avait motif, et le billet était tout prêt. Silence : en demi-cercle, le groupe me toise. Finalement, elles ont reporté mon exécution. Ce sursis n'a rien d'une faveur – nouveau silence –, c'est un choix stratégique : au vu de mes états, et malgré ma trahison, mon concours reste souhaité. Apparemment, cette main tendue, je la refuse ?

D'un geste, je désigne l'appartement : je suis déjà détenu, que leur faut-il de plus ? Elles précisent la menace, mais je refuse de bouger : les travaux forcés, pas question. Chaque camp a le pouvoir d'annihiler l'autre, mais retient ses coups, de peur de s'exposer. On se cherche, on s'observe : c'est la première fois qu'entre nous l'hostilité s'exprime. Avant, elle restait masquée d'amabilités. Mais il n'est plus temps de se ménager, quelqu'un doit plier. Et la lutte est de moins en moins feutrée.

Personne, cependant, ne prend l'avantage. On redouble, on s'énerve, sans jamais s'imposer. Constatant l'inutilité de nos efforts, un observateur nous aurait conseillé de transiger. Mais c'est la dernière chose que l'on veut entendre : alors on claque des portes et, très théâtralement, on se lance des ultimatums. La scène a des airs de *telenovelas* : les mêmes tableaux, les mêmes répliques.

Ce n'est qu'au bout de plusieurs jours qu'on finit par l'admettre : on n'arrivera à rien, nos sorts sont liés. Les filles sont les premières à tendre la main : en elles, rien de velléitaire, ni de versatile. Imperturbablement, elles gardent le cap, évitent l'obstacle, et étayent leurs positions. Jamais l'objectif ne quitte leur ligne de mire. Où vont-elles ? Personne ne le sait, moi moins qu'un autre. Je ne peux que conjecturer qu'elles cherchent le pouvoir, à un degré d'accumulation capable de courber l'espace.

Leur offre de compromis me prend à revers. Je tente d'abord d'en abuser puis, n'obtenant rien, j'entre dans le jeu. L'accord se dessine en quelques manches : en échange du tri du vrac de Zev, je gagne des droits de sortie. Non pas les excursions urbaines que je réclame, mais tout de même des séjours à la campagne, dans les maisons qu'elles rachètent pour blanchir nos profits. C'est dans ces résidences qu'elles vivent elles-mêmes, s'éparpillant par grappes pour se retrouver ailleurs. Le groupe se scinde et se recompose, élargissant les mailles qui l'ont jusqu'ici maintenu en place. Et c'est cette vie nomade qu'elles m'offrent de partager, à cette seule différence que je n'y serai pas libre et marcherai, entravé, à la suite de leur caravane.

Remballant mon orgueil trop vite pavoisé, j'ai dit oui. Leur offre n'est rien moins qu'engageante, mais confère tout de même un horizon. Et puis j'ai vite compris que je n'obtiendrais rien d'autre. Voilà comment je me suis retrouvé manutentionnaire, tamisant de la donnée que livre Zev par container. Je suis tour à tour gérant, concierge et portefaix. Désormais silencieux, le salon est mon atelier. Sur des tréteaux, j'ai posé une suite d'ordinateurs (Zev a choisi les modèles et s'est chargé des branchements). Toute la journée, j'orpaille de la donnée, cherchant, dans l'eau sale du ressentiment, les paillettes de malveillance qui perdront leurs auteurs. Les chambres des filles sont à présent des salles de serveurs : l'appartement résonne du ronronnement des machines, scandé du bruit des touches frappées.

Dans cette atmosphère intégralement automatisée, j'ai introduit un élément animal, pour la présence : un chat, auquel je fais des conférences.

Par frôlement occasionnel, lui tente de son côté de me persuader qu'un être se soucie de mon sort.

Les filles m'ont financé une salle de projection. J'y ai découvert l'adaptation du *Bon Plaisir*. Par fidélité au texte, j'avais toujours refusé de le voir. Pour la mélancolie, je n'ai pas besoin d'encouragements, mais le visionnage de ce film m'a plongé dans des abîmes encore plus profonds que d'ordinaire. Je me suis identifié à un personnage à peine esquissé dans le livre, un journaliste vieillissant, dont l'acuité n'a d'égale que la solitude et dont toutes les ébauches de tendresse sont immanquablement rejetées par ceux auxquels elles s'adressent.

Fil Twitter du compte « Scanner » (description : « le monde aux rayons X »)

THREAD (lire)

Soumission patronale, ou les surprenantes soirées d'un baron du CAC40 (lire la suite ↓↓↓ PHOTOS ET VIDÉOS).

À intervalles irréguliers, quelques individus travaillant sur la dalle du quartier d'affaires de La Défense reçoivent par messagerie la copie de l'agenda d'un P-DG (notre document ↓↓↓).

Il s'agit des faits et gestes, détaillés à la minute, d'un des hommes les plus puissants de France, président d'une entreprise dont la tour domine La Défense (notre photo).

Espionnage ? Trahison ? La réalité est NETTEMENT plus surprenante (lire la suite ↓↓↓).

C'est le P-DG lui-même qui diffuse les détails de ses allées et venues, pourtant ultraconfidentiels !

Pourquoi ce comportement ? « Scanner » a enquêté pour vous !

Les destinataires du message sont des vigiles, des cuisiniers, des livreurs.

Une fois l'agenda reçu, ils se réunissent et procèdent à des achats, pour la plupart inattendus (notre photo ↓↓↓).

Le P-DG, de son côté, mène sa vie : réunions, dîners, galas (cliquez sur les liens ↓↓↓).

D'un coup, tout se précipite : effectuant son jogging, ou bien rentrant à pied d'un vernissage, le dirigeant est kidnappé, entravé et jeté dans le coffre d'une voiture (vidéo EXCLUSIVE ↓↓↓).

Plus tard, il est violemment extrait, un sac sur la tête, par trois hommes cagoulés, et traîné vers une maison en ruines.

Il n'en ressortira que le lendemain soir, torse nu et toujours aveuglé, pour être abandonné, sans chaussures, sur un parking désert où son chauffeur viendra le récupérer quelques heures plus tard.

Que s'est-il passé entre-temps ? Les images prises par « Scanner » à travers le soupirail de la maison laissent peu de place à l'imagination (nos documents ↓↓↓).

Les responsabilités d'un capitaine d'industrie sont-elles à ce point écrasantes que seuls des épisodes de soumission violente soient capables de les alléger ?

Posté le 05/03/23 à 13:39
Effacé, ainsi que le compte, le 10/03/23

Zev bat des mains comme un enfant à la foire. Lui qui n'a connu que l'ombre jouit de la lumière, de la foule et des cris. Financièrement, ce premier coup issu de ses rapines est profitable, mais c'est le déferlement qui le grise : la presse, les réseaux, l'opinion. Sans frein, il s'abandonne à ces remous de piscine à vagues, et sa joie scelle notre association.

De mon côté, c'est sensiblement plus calme. Isolé dans l'appartement, j'ai repris mes habitudes, au premier chef l'écriture de ce journal. Quand il y avait les filles, je me cachais, de peur qu'elles ne s'avisent de me lire. Ce cahier est une chambre sourde où détonent les obus qui m'ont frôlé sans exploser. Mon équilibre, si le mot a un sens dans un champ aussi désaxé que le mien, est à ce prix. Je mesure l'ampleur du paradoxe, mais c'est tout ce que je peux faire : mesurer. Capable d'édifier les pièges les plus retors pour y prendre mes victimes, je ne tiens debout qu'au prix d'un ouvrage qui, s'il est découvert, me livrerait pieds et poings liés. La précarité de ma position me donne parfois le vertige mais j'en tire aussi orgueil, comme si personne d'autre que moi-même n'avait le pouvoir de me confondre et que, pour m'abattre, mon propre concours restait indispensable.

Pendant que je joue les diaristes, les filles, elles, s'activent et démarchent à tout va. J'observe leur ballet entrepreneurial à distance comme on suit, en salle d'attente, les allers et venues de poissons exotiques dans un aquarium. Mais c'est moi qui suis en bocal et reçois, en pluie pailletée, nourritures et distraction. Elles s'occupent de bâtir un empire.

La première pierre, ce fut une « agence de communication de crise », rachetée *cash* à ses fondateurs vieillissants. Fortes de ce fichier clients, les filles ont approché grandes fortunes et célébrités, proposant de « gérer leur réputation ». Si les personnalités démarchées refusaient, elles se retrouvaient immédiatement salies sur toutes sortes de supports. Réalisant leur erreur, elles revenaient s'enquérir de la possibilité d'être représentées par l'enseigne des filles. Les mandats signés ne garantissaient qu'une tranquillité partielle. Périodiquement, il fallait renouveler et, si l'on tardait, les révélations gênantes apparaissaient en guirlande.

Après la communication, elles ont jeté leur dévolu sur l'intérim en acquérant un bureau de placement dont la spécialité était les gouvernantes, jardiniers et majordomes en livrée. Un commerce de niche, très profitable, que les filles ont reconverti en service de renseignement : qui mieux que le personnel pour connaître les secrets d'une maison ? À l'époque où je prenais des photos, je passais un temps considérable à soudoyer nurses et cuisinières, pour des résultats souvent décevants : mortifiées de trahir, celles-ci ne donnaient que des demi-tuyaux, souvent inutilisables. Le système mis en place par les filles est beaucoup plus sûr : dès le début, on avertit la main-d'œuvre qu'elle peut doubler son salaire en informant sur ceux qu'elle sert. Le circuit est totalement maîtrisé.

Diversifiant leur portefeuille, elles sont ensuite entrées au capital d'un magazine auquel, il y a longtemps, je vendais mes clichés. Auréolé d'une longue histoire, le titre vient compléter leurs canaux : c'est le vecteur idéal pour légitimer une histoire. À l'autre bout de la chaîne, elles disposent de cabinets de « recherche en opposition », expression dont la neutralité cache une activité qui l'est beaucoup moins : il s'agit en effet de mettre au jour, pour le compte d'un candidat à une élection, des informations que son adversaire préférerait taire. Elles ont créé deux sociétés : l'un de ces prestataires est explicitement positionné à gauche, l'autre à droite. Au milieu, les filles.

Fasciné, je les observe devenir respectables. Des articles évoquent leur bras – long, nécessairement – et leur doigté – sûr, évidemment. Il y a des photos, et même des interviews. Elles n'apparaissent jamais ensemble, se répartissant les rôles comme dans un casting : Maeva joue la cheffe d'entreprise, Lilou l'agent d'influence, Jade la stratège de l'ombre… En apparence, elles s'individualisent, mais en réalité leur aire collective va s'élargissant, et je les vois apparaître, surpris, sur les *photocalls* d'avant-premières, ou dans les pages « Société » des magazines. Elles ne passent presque plus jamais à l'appartement : nos échanges se limitent à des conférences téléphoniques durant lesquelles me sont transmises, dans le bruit des cuillères choquant contre les parois des tasses à thé, leurs instructions.

Plus que mon devenir subalterne, finalement reposant, c'est la réclusion qui me pèse. Régulièrement, je les relance : et notre accord ? Ces séjours, négociés de haute lutte, à la campagne ? Bien sûr, m'assurent-elles en chœur, c'est pour bientôt, juste quelques détails à régler. En attendant, je végète. Pour ouvrir mon horizon, j'use de plateformes de visualisation urbaine, ces outils qui permettent, par écrans interposés, de circuler dans une rue, ou un quartier, panoramiquement reconstitué. Mais ces interfaces sont d'une désespérante platitude : visages, plaques d'immatriculation et même graffitis y sont floutés. On a le sentiment d'arpenter la maquette d'un promoteur : sans rien à surprendre, quel est l'intérêt de la promenade ?

Pour éviter que je rumine, les filles me tiennent occupé. Campagne à mener, données à exploiter, recoupements à opérer : je ne chôme pas. Elles non plus : pour accrocher le monde économique, qui reste indifférent à notre activité, elles multiplient les approches. Mais le public est difficile : les P-DG n'ont que faire des rançons. Ce qui les intéresse, c'est la contrainte : être en mesure, par notre intermédiaire, de forcer un concurrent. Pour qu'il vende, achète, se démette, peu importe. Les filles ont calibré une offre – service sur mesure, risques maîtrisés – mais elles se heurtent à un mur. Conviés à des présentations privées, argentiers et capitaines écoutent leurs boniments, posent des questions, mais ne vont jamais plus loin. Considérant les usages de notre corporation, il est difficile de leur donner tort : combien d'hommes de main ont trahi leur commanditaire ? Combien d'âmes damnées ont changé leur fusil d'épaule ? Il faut en convenir : l'image déplorable dont souffre notre secteur n'est pas entièrement usurpée.

Passées à l'appartement « comme ça », pour dire bonjour, les filles finissent par avouer leur désarroi : « ça patine ». Elles qui, ces derniers mois, m'évitaient soigneusement, s'attardent, voire s'enquièrent : elles pensaient m'envoyer à la mer, si ça me dit. J'abrège ce numéro humiliant : je sais pourquoi elles sont là. Vraiment ? Elles viennent de le dire : avec les grands patrons, ça coince. Alors elles se sont dit : s'il reprenait son personnage de Grand Corbeau… Tu serais d'accord ? Si elles lèvent mon écrou, oui. Qu'elles me donnent de vraies sorties et je reprends mon rôle-titre. Holà ! Semi, la liberté ! Encadrées, les promenades ! On n'oublie pas que, il y a quelque temps encore, tu creusais notre tombe.

L'accord conclu, elles m'affranchissent : elles sont en discussion avec une structure *offshore*. Derrière ce faux nez, un fonds d'investissement de la classe dite « activiste ». Son *modus operandi* est d'entrer au capital d'une multinationale, de forcer la porte du conseil d'administration et d'obliger les dirigeants à augmenter les dividendes. Pas très difficile d'imaginer pourquoi un tel acteur pourrait requérir nos services, et encore moins de se représenter les bénéfices potentiels d'une telle association.

C'est donc avec une certaine fébrilité qu'elles mènent les négociations. Tout, jusqu'ici, s'est tenu à distance, mais il va bientôt falloir envisager un premier rendez-vous. Instruites par le peu de succès de leurs conférences Power Point, elles songent à une mise en scène d'envergure : plus de saynètes ni de mimiques, mais du grand orgue, *fortissimo*. Le cadre ? L'un des centres d'affaires les plus *select* de la capitale : elles y ont loué un salon. L'idée ? Projeter une image de professionnalisme normalisé. J'écoute, puis je récuse : elles ne vont pas séduire, elles vont effrayer. Utilisés pour des réunions, des arbitrages, que sais-je, ces lieux sont intégralement sonorisés. Le prospect le sait, va se croire enregistré, et fuir.

On dispose d'un théâtre éprouvé, pourquoi y renoncer ? Faisons le rendez-vous ici, dans mon antre à manigances. Elles font la moue : trop bricolé. Précisément ! Les financiers, à ce niveau, c'est dur de leur faire peur : rassurons-les au contraire, parlons leur langue ! Ils ont l'habitude du *cool*, des millionnaires en tee-shirt et des statues de Marvel dans les bureaux : alignons-nous ! Je vais me faire un personnage de petit malin, troquer mes souliers de gangster pour des baskets d'entrepreneur, et leur *pitcher* le chantage comme un service de pointe ! Dans un tel décor, ils vont marcher !

Un bref instant, elles ont baissé la garde, et j'ai même surpris des sourires : notre lien est là, intact, vivant. On s'est écharpé, on se nuira encore, mais, par un équilibre mystérieux, on marche sur la même crête, on capte les mêmes signes, et on tisse la même toile.

Et c'est dans un enthousiasme d'atelier de couture qu'on a préparé la rencontre. J'ai recomposé ma mise, mon lexique, mes poses. Faute de sorties, ce cabotinage me distrait. Car contrairement à une idée reçue – mais tout ce qui concerne notre art ne l'est-il pas ? –, le maître-chanteur n'a pas l'usage du faux. Son œuvre est d'historien, austère et méticuleuse, et ses objets réels, durs et capricieux.

Il n'a jamais le loisir d'inventer : qui irait payer pour des rumeurs ?

Le jour venu, l'ambiance est au coup de feu. Léna et Manon vont chercher les clients dans une limousine (elles se sont entraînées pendant plus d'une semaine à manœuvrer le véhicule). En tenue stricte, et derrière des vitres occultées, elles les acheminent jusqu'à notre repaire, non sans effectuer force détours, nos interlocuteurs, méfiants, ayant pris la précaution de se faire suivre par un motard. Une fois ce mouchard dérouté, l'équipage se range au bas de notre immeuble.

Moteur arrêté, Léna et Manon demandent à leurs passagers de bien vouloir passer des cagoules, le temps d'arriver au lieu de rendez-vous. Ainsi affublés, les trois hommes gagnent, à l'aveugle, notre appartement, guidés par leurs hôtesses d'une main sur l'épaule. Une fois dans le cabinet, Maeva et Fanny leur rendent la vue et, assis jambes croisées, je me fends de mon meilleur sourire. Lumière ! Action !

RÉVÉLÉE ! CUISINE PEU RAGOÛTANTE DANS VOS ASSIETTES ! (Durée : 12:02 min)

(Transcription partielle de la vidéo diffusée sur divers réseaux sociaux le 21/10/23.) Si je témoigne aujourd'hui masquée, c'est pour ma sécurité : les révélations que je m'apprête à faire portent en effet sur l'un des plus grands groupes alimentaires au monde, dont j'ai longtemps été salariée. Mon récit est de première main : tout ce que je décris, j'en ai personnellement fait l'expérience.

J'ai sollicité, et obtenu auprès des autorités compétentes, le statut de lanceuse d'alerte. Tous les documents que je vais présenter dans cette vidéo sont d'ores et déjà entre les mains de la justice. Pour éviter que mes révélations soient enterrées, j'ai décidé, en parallèle, de rendre certains éléments publics.

Afin de protéger mes collègues encore en poste, je ne décrirai pas précisément mes fonctions. Disons que j'avais un rôle technique, relativement subalterne, mais qui me donnait accès à énormément d'informations.

J'ai longtemps été une employée modèle : la nature presque humanitaire de mon activité la rendait passionnante. Je croyais à ce que je faisais : il s'agissait de nourrir le monde, d'une manière à la fois novatrice et équitable. Mais plusieurs découvertes sont venues ébranler mon engagement et me révéler que, loin de pacifier le globe, je contribuais au contraire à le déstabiliser. Pour remplir ses silos, et faire tourner ses usines, mon ancien employeur n'hésite pas à frayer avec les pires profiteurs de la planète, à acheter des grains à des pays en guerre et à faire affaire avec les régimes les plus brutaux. Produits de consommation courante, les épis de blé et les fèves de cacao se ventilent sans laisser de traces : on peut les transborder d'un cargo à l'autre et mentir sur leur origine sans que personne ne remarque rien. Ce genre de bonneteau se pratique à l'échelle mondiale.

Pourquoi a-t-il fallu si longtemps pour que mes yeux se dessillent ? Comment ai-je pu manquer tant de signes ? Voilà des questions qui n'ont pas fini de me hanter. Un jour, enfin, ce fut le sursaut. À l'initiative de la Russie, premier producteur de phosphates au monde, une pénurie mondiale d'engrais a asphyxié en 2022 le secteur de l'agriculture (elle dure toujours). Tous les cultivateurs souffrent, mais mon employeur, lui, continue d'épandre. Où va-t-il chercher ces produits qui arrivent par palettes entières ? J'ai cherché, observé, conjecturé, jusqu'à ce que la lumière s'impose, aveuglante.

Je n'accuse pas, je prouve. Regardez ce document. En apparence, il est banal : c'est l'équivalent maritime d'un bon de livraison. Un cargo, ici, a livré à notre filiale grecque, là, un chargement d'engrais destiné à nos exploitations. L'anomalie, c'est le nom du fournisseur : il ne s'agit d'aucun courtier connu. Et pour cause : c'est une société écran qui expédie ses cargaisons depuis le port libanais d'Alexandrette. Regardez la carte : cinquante kilomètres plus au sud, c'est la Syrie. Malgré l'embargo qui frappe ce pays, c'est là que mon employeur va chercher de quoi doper ses cultures : Damas est l'un des dix premiers producteurs de phosphates au monde.

Mais le cercle des partenaires de mon ex-employeur compte bien pire. L'une des clés de sa réussite est sa capacité à recycler dans l'économie mondiale les productions des régimes les plus autoritaires, et les plus isolés, de la planète. Le riz birman, l'orge biélorusse et le maïs zimbabwéen sont mélangés en toute discrétion à des grains plus recommandables pour, une fois leur origine blanchie, être réexportés avec profit.

Je sais qu'à peine diffusées mes accusations seront disqualifiées par la société en cause, qui les présentera comme des incidents isolés, fruits d'initiatives malheureuses. La réalité est tout autre, comme le prouvent les échanges qu'avaient, au moment même où se déroulaient les faits exposés, plusieurs membres de la direction sur une messagerie parallèle. Leurs propos, comme vous pouvez le constater à l'écran, sont nettement plus francs que sur les canaux officiels, et démontrent un degré de connaissance élevé des irrégularités constatées.

Toujours en ligne

Jusqu'alors, j'écrivais : des lettres, des rapports, des dialogues, que d'autres faisaient vivre. Je ne suis plus que *script-boy* : mon rôle se limite à transcrire, et mettre en forme… Notre petit commerce œuvre au-delà du texte : le chantage n'hybride plus, comme avant, l'enquête et le roman. C'est devenu une affaire de production : pour extorquer, il faut caster, scénariser, monter. Et diffuser à très large échelle.

C'était, je m'en rends compte, la vision des filles depuis le début. À les voir accepter sans ciller la très ambitieuse commande des financiers, j'ai compris qu'elles se préparaient depuis longtemps à une opportunité de ce genre. Tout, notre association, nos succès, le trésor accumulé, n'a servi qu'à une chose : faire advenir le véhicule de leur rêve, la caravelle aux trente canons dont, depuis Lisieux, elles précisent la silhouette, la compagnie des spectacles malveillants qui consacrera leur fortune.

Car pour ébranler, comme l'exigeaient nos mandataires, l'un des premiers groupes d'agroalimentaire au monde, il ne suffisait plus de ventiler des données : il nous fallait un corps, une voix, un visage. On n'abat pas une multinationale avec des copies d'écran. Notre cheval de Troie devait présenter un regard franc, une parole claire. Le reste, c'était notre affaire.

Les auditions ont duré des semaines. Les filles repéraient les candidats dans les Pôle Emploi près des usines de la cible. À la dérobée, elles les filmaient, pour s'assurer qu'ils accrochaient l'image. Si c'était le cas, elles vérifiaient leurs états, et leur lien avec l'entreprise visée. Ce n'est qu'une fois toutes ces cases cochées que le vrai travail commençait. L'approche, d'abord : légère, presque accidentelle. L'initiation, ensuite, plus chorégraphiée. Pris à part, le sujet était conditionné par une voix douce, une proximité chaleureuse. S'il répondait, elles montaient en intensité, lui présentaient des documents piratés par Zev et demandaient, « en confiance », son aide pour les comprendre. Immédiatement, les questions fusaient : comment ? Qui ? Pourquoi ? Elles ne se dérobaient pas : des militants ; un don anonyme ; un scandale majeur, de ça au moins elles étaient sûres. Il fallait être à la hauteur. Ensuite elles tendaient la main, pressantes... Je suivais les opérations de loin, sidéré de leur aisance : en un tournemain, elles avaient oublié leurs poses bourgeoises pour retrouver les gestes de leur jeunesse, ceux de Lisieux, à la sortie du lycée.

Mais l'approche effectuée, le fil cassait régulièrement. Entrepris, le candidat s'échauffait, ou au contraire paniquait, et devenait ingérable. Encore et encore, il fallait rompre, sous peine de s'exposer. Cette succession d'échecs était décourageante, même pour moi qui, entravé, aurais dû me désintéresser de l'affaire, voire me réjouir de leur déconfiture. Mais j'avais cessé de me raconter des histoires, je savais nos sorts irrémédiablement liés. Ma réclusion, d'une manière ou d'une autre, prendrait fin. Notre compagnonnage, jamais. Sans elles, il n'y avait pas d'avenir. Elles m'avaient menti, piégé, doublé, pourtant je ne quitterais plus jamais leurs côtés : leur marche était irrésistible et leurs couleurs, bientôt, claqueraient au vent.

La bande aussi revenait à de meilleurs sentiments : la méfiance demeurait, palpable, mais leurs ambassades étaient moins solennelles, et leurs conversations plus déliées. À nouveau, elles me sollicitaient, réentortillant un à un les brins de notre communauté. Pour le film, elles ne trouvaient personne : au cas où se présenterait une figure acceptable, est-ce que je serais prêt à la doubler ? Avec moi en suppléant, ça restait jouable : elles useraient du candidat à l'image, mais la harangue serait la mienne. Mes références en matière de trucage datant de l'ère du magnétoscope, le montage m'a paru impossible. J'avais, comme souvent, tort.

Ses critères réduits à la seule physionomie, le casting s'est relancé avec une urgence nouvelle. De mon côté, je piochais dans le stock de Zev les pièces accusatrices qui allaient structurer le film. Nous pensions cibler le sanitaire : dans l'agroalimentaire, c'est le plus mortel. Surtout pas ! s'est effrayé le client. N'allez pas abîmer la marque. L'opprobre doit rester circonscrit aux dirigeants : abus, malversation, délits, peu importe, ils doivent être seuls concernés. Une fois le rachat effectué, on les écarte et le scandale disparaît.

C'est donc à la demande du commanditaire qu'on s'est rabattus sur des histoires de sanction : c'était complexe, donc vite oublié mais, en soignant le vocabulaire, on pouvait tout de même assimiler les coupables à des empoisonneurs, au niveau moral tout du moins. Je composais les enchaînements et soignais les répliques. Mais la scène demeurait vide : malgré tout leur savoir-faire, les filles ne parvenaient pas à trouver leur tête d'affiche.

Il y eut conseil de guerre. Elles rageaient de frustration : pour la première fois de leur jeune carrière, leurs talents se trouvaient contraints. Pour ne rien arranger, le client s'impatientait : le cours de l'action repartait, la fenêtre de rachat se fermait, qu'est-ce qu'on foutait, bon Dieu ! Face à l'urgence, les filles se sont résignées à incarner elles-mêmes le rôle. Tant pis pour l'authenticité, on allait ombrer leur visage « pour des raisons de sécurité ».

Du tournage, je n'ai rien su. Il fallait aller vite, les filles avaient autre chose à faire que de rendre compte.

De mon côté, le pli de la détention était si bien pris que, sans réfléchir, j'ai réintégré mon cabinet de lecture, avant de m'aviser, sur le seuil de la pièce, que je n'étais plus prisonnier. Usant de mes droits de sortie, je suis remonté à l'air libre. Le terme n'est pas le bon : je demeurais sous escorte. Mais elle était si discrète, et moi tellement grisé, que j'oubliais parfois son existence. Je n'avais de toute façon aucune intention de la semer : j'étais tout entier absorbé par la submersion de mon corps dans le mouvement. Après des mois de confinement, c'était un soulagement de ne plus être l'origine des phénomènes et de se laisser déborder par la circulation et le bruit.

Les jours qui suivirent, je passais tellement de temps dehors que j'en fatiguais ma suite : j'avais du retard à rattraper. Conscient de ne plus être tout à fait anonyme, j'évitais les quartiers où l'on risquait de me reconnaître, et cantonnais mes parcours aux zones les moins remarquables, à ces secteurs résidentiels où l'on s'entend marcher et aux quartiers de bureaux désertés. Jamais de cimetières : j'ai toujours craint les périmètres mortuaires, par peur de lire, sur une dalle, le nom d'une ancienne victime. Les conséquences de mes actes doivent rester cantonnées hors de mon champ de vision.

Je ne croisais pas grand monde, durant ces promenades furtives, mais je parvenais toujours à raccrocher une histoire. C'était une *nurse* un peu triste avec laquelle je me liais, au parc, ou bien une joggeuse solitaire que j'aidais à retrouver ses écouteurs tombés. À chacune de ces rencontres, je sentais mon accompagnateur s'animer, ne sachant s'il devait intervenir ou au contraire rester à distance. Invariablement, il choisissait la seconde option : ses instructions devaient se limiter à prévenir ma fuite.

Quand je ne trouvais personne à entreprendre, je m'occupais l'esprit en découpant la rue en décors. J'ai souvent pratiqué cet exercice en planque : il aide à faire passer le temps. Cela consiste, dans le bâti, à isoler un fond de scène, puis à s'y figurer une remise de rançon. La gymnastique est astreignante car il faut sans cesse reprendre le scénario jusqu'à ce que chaque détail trouve sa place. Mais on se constitue, par ce biais, une réserve de toiles peintes, prêtes à l'emploi.

Car le travail du maître-chanteur ne consiste que pour une faible part à trouver des informations. Le plus clair de notre temps est employé à concevoir des dispositifs d'incitation au paiement. Il ne suffit pas de menacer : il faut le faire au moment précis où la cible manque d'appuis, et où une simple poussée la fait basculer. C'est un travail qui tient à la fois de l'horlogerie et de la scénographie : on assemble des machines capables d'écarquiller les yeux, de tordre les bras et de couper le souffle.

Au retour d'une de ces excursions, je retrouvais les filles. Leur film tourné, elles orchestraient le lancement, et avaient transformé l'appartement en régie. Heureux d'être, une fois encore, débordé par leur désordre, j'ai cependant vite compris que c'était une situation temporaire : les tâches du jour effectuées, elles passaient leurs imperméables, saluaient distraitement, et m'abandonnaient dans le fouillis des branchements.

Cet éternel lendemain de fête a duré une dizaine de jours. Chaque soir, je ramassais les emballages repas éparpillés un peu partout et aérais les pièces saturées des nuages secs des dispensateurs de nicotine. Et chaque matin l'agitation reprenait, irrépressible. La succession d'écrans que Zev, promu directeur technique, avait positionnée sur les murs formait une immense tapisserie que, dans une atmosphère d'atelier, tissaient patiemment les filles, coordonnant la fuite des premiers extraits avec les accidents du cours de la société cible puis, une fois le public appâté, en dévoilaient d'autres, cette fois-ci sur les réseaux, où elles faisaient pour la première fois apparaître la silhouette de Lilou, qui jouait la lanceuse d'alerte. C'était le moment crucial, et chacun retenait son souffle. Qu'une seule personne s'avise, en commentaire, de dénoncer une éventuelle supercherie, et le stratagème s'effondrait. Tout notre plan tenait sur cette pointe, dont il n'avait pas été possible de sécuriser l'assise. La tension imposait un silence d'église, régulièrement rompu par les faux pas de ceux qui trébuchaient sur les câbles.

La réalité, c'est que nous n'avions rien à craindre. L'éclairage, le placement de la caméra parachevaient le masque. Au fil des jours et des publications, le personnage incarné par Lilou, vibrant et sincère, grandissait à l'écran sans qu'un accroc l'entame. Lorsqu'elle devint suffisamment visible, on organisa la jonction avec les médias traditionnels. Pour fonctionner à plein, la manœuvre devait en effet être cautionnée par un tiers. Les documents exhibés dans sa vidéo furent transmis à des journalistes, qui purent en vérifier l'authenticité et produisirent des articles dévastateurs. En quelques jours, le cours de la cible s'effondra et le client n'eut qu'à prendre son téléphone pour avertir son homologue qu'il s'apprêtait à entrer, à la hussarde, au capital de son entreprise aux abois.

Sur le plan strictement économique, cette opération ne nous a presque rien rapporté : les moyens, colossaux, ont englouti presque tous les bénéfices. Mais la perte est loin d'être sèche, car l'impact, assourdissant, nous a ramené quantité de clients. Les filles ont quitté l'appartement pour gérer la demande, et ne m'informent plus que de loin en loin. Je sais seulement qu'elles ont rempilé avec le fonds « activiste », et ont joué un rôle clé dans ses récentes opérations financières. Leur méthode est rodée, et moi de plus en plus accessoire. Tant en production qu'en réseau, mon expertise est limitée.

Je me cantonne donc à mes travaux de bibliothécaire, entrecoupés de lectures et de promenades. J'ai rouvert Casanova, qui comme moi finit archiviste et ne se soutint, la nuit, qu'en dévidant sur des milliers de pages l'entrecroisement d'encre et d'argent que fut sa vie. Toute ressemblance, etc.

Mon travail de scribe réduit au minimum, je ne suis plus qu'irrégulièrement informé des extorsions en cours. Parcourant les nouvelles le matin, j'ai le sentiment frustrant d'être exilé à la surface. Trop orgueilleux pour m'enquérir – il y a quelques années encore, c'était moi, l'arbitre des valeurs ! –, j'en suis réduit à supputer que, derrière telle démission inattendue, ou tel divorce brutal, se profile l'ombre des filles. Incidemment, celles-ci vendent quelques mèches mais, le plus souvent, elles me laissent dans le brouillard. Ce que je sais de leur professionnalisme m'empêche de les associer à certaines opérations par trop visibles, tel le récent, et calamiteux, recel d'une captation « intime », selon l'expression consacrée, d'un président de club de football.

Notre société de combat a progressivement fait place à un compagnonnage léger, une convivialité de cercle. Périodiquement, la bande me déménage, pour m'installer dans un nouveau logis, uniformément somptueux. J'ai ainsi, et successivement, séjourné dans des maisons à Nice (palmiers, jets d'eau), Trouville (colombages, pignons), dans un grand appartement à Genève, et même dans un ersatz de manoir, au milieu d'un parc. À chaque séjour, je vis seul, et sous surveillance. Si les lieux varient, mon quotidien, lui, est immuable : la matinée, égrainage des récoltes, et l'après-midi, délassement divers. Une vie de convalescent, en somme : transat et couverture.

Malgré cette impotence forcée, je reste un membre actif du groupe, et continue à exhumer du scandale. Les filles, de leur côté, se sont réparties en branches : Lilou couvre le politique, Manon les célébrités, et Audrey les P-DG. Fanny, pour sa part, gère les fonctions support, Léna supervise les délateurs, et Jade tient la trésorerie. Maeva seule n'a pas de place attribuée : elle œuvre dans le hors-norme, le « spécial », comme elle aime à dire. La voir paraître est immanquablement signe qu'une action d'envergure se prépare.

Ces derniers temps, elle rêve de marchés publics. Car, sous ses grands airs, l'État pratique aussi la contrainte. Le plus souvent par la force, dont il a le monopole. Mais une justice tatillonne a vite fait de requalifier ces procédés en tortures : le chantage offre donc une alternative précieuse. Par manque d'expérience, peu de gouvernements osent encore s'y risquer. D'où l'idée de leur proposer un service professionnel. Mais à qui s'adresser ? À l'instigation de Manon, Maeva entreprend du haut fonctionnaire et du directeur d'administration. Sans grand succès.

« Et toi, des interlocuteurs officiels, tu n'en as jamais eu ? » Nous sommes dans leur gentilhommière, les pieds tendus vers l'âtre ronflant. « À mon insu, peut-être, mais en connaissance, jamais. Quand on est indépendants, c'est trop risqué. » Notre quotidien est celui d'une pension de famille : doux et bourgeois. On joue aux cartes et on sirote tandis qu'autour de nous les flammes silhouettent les meubles. Échaudée par les variations des monnaies électroniques, Jade favorise à présent la rançon en nature : bibelot, bijoux, mobilier, tout ce qui peut se revendre. Le butin est entreposé dans les propriétés, puis écoulé chez les antiquaires. Avec ce procédé, chacun de leur logement se retrouve doté d'une décoration princière : tableaux, vaisselles, horloges, tout est somptueux, sinon assorti.

Elles noient mon thé de rhum, puis me relancent : dur à croire tout de même qu'aucune autorité ne t'ait jamais approché. Sous l'action conjuguée du feu et de l'alcool, je concède que « jamais » est par trop définitif : il y a quelques années, j'ai effectivement côtoyé une figure d'obédience gouvernementale. La période ne m'était pas favorable : une victime avait tenté de se suicider, la police enquêtait, bref j'étais aux abois. Pour ne rien arranger, mon avocat faisait tout de travers.

Je ne le blâme pas : c'était un comparse, il me servait surtout à négocier. À la barre, il pataugeait. Bref. Un jour, il me convoque. Dans son cabinet m'attendait une femme. Elle ne s'est pas identifiée mais tout, le maintien, le lexique, signalait la fonctionnaire, et pas d'un service avec pignon sur rue. Plus cauteleux qu'à son habitude, mon conseil a évoqué la perspective d'un « arrangement ». Avec le fisc, la police judiciaire, bref toutes les administrations qui en avaient après moi. En échange ? On me demandait – il a cherché l'inconnue du regard – une « expertise ». L'État avait besoin de conseils : vitesse d'asphyxie d'une victime, résistances habituellement constatées lors d'une extorsion, etc. J'ai accepté d'aider et, les semaines qui suivirent, me suis mis en quatre pour être agréable. Les dossiers restaient anonymes, mais on sentait qu'ils n'étaient pas complètement inventés. Hélas, les contreparties ont tardé à venir, et j'ai mis fin à l'arrangement.

L'inconvénient de notre communauté, c'est qu'elle est à éclipse : je peux passer avec les filles une soirée délicieuse, rire avec elles de mes mésaventures d'apprenti espion, et le lendemain me réveiller dans une maison déserte. J'ai cru rajeunir, mais c'est finalement l'inverse qui s'est produit : vieil oncle radoteur, j'ai, à leur contact, prématurément vieilli. Je me surprends même – un comble – à aimer la campagne ! Moi que l'oxygène asphyxiait, je passe des heures aux fenêtres du manoir, à observer les animaux sortant craintivement de la forêt. À croire qu'elles m'injectent en secret des doses de verveine ! J'alterne entre ce poste d'observation et mes collections, déménagées à grands frais de résidence en résidence. Livres et bibelots à portée de main, les filles ont tablé que je serai docile. C'est effectivement le cas : mes rares humeurs restent confinées à mon caisson à médisances.

Mais faute d'être renouvelé, le délassement du fiel s'amenuise. À Paris, je rafraîchissais mes réserves aux enchères et chez les antiquaires. Transbahuté d'un lieu à l'autre, c'est devenu impossible, surtout avec des sorties contrôlées. Je lis et relis donc les mêmes volumes et le plaisir, à la longue, s'évente. La première fois que j'ai remarqué, dans *Illusions perdues*, que l'un des protagonistes faisait « un peu de chantage », mon cœur s'est emballé. Le même passage, aujourd'hui, me retient à peine. Heureusement, il reste Proust et ses jeux de reflets dont l'entrecroisement expose, le temps d'une homonymie, la vie honteuse des personnalités de son temps. Dans la longue lignée des écrivains-corbeaux, c'est de lui que je me sens le plus proche. S'il n'a d'yeux que pour le grand monde, Proust, comme le maître-chanteur, n'y participe jamais vraiment. Son désir est de voir sans être vu. Alors il quête des photographies de princesses, observe les ducs à la dérobée, et s'immisce dans les hôtels par l'escalier des valets de pied.

La pièce la plus précieuse de ma collection est une lettre qu'il a écrite à Albert Le Cuziat. Ex-domestique devenu tenancier d'établissements de bains, Le Cuziat renseignait Proust sur l'aristocratie, qu'il avait servie, et le milieu homosexuel, dont il cachait les frasques. Leur correspondance manifeste un lien bien plus étroit que l'échange d'informations ne l'aurait nécessité : malade, alité, Proust continuait à recevoir Le Cuziat, au grand dam de sa gouvernante. Fermée à ses proches, sa porte est toujours restée ouverte à ce personnage. Cette familiarité, je la connais bien. Toute distance est impossible avec ceux qui vous informent : appariés par goût, on fait cercle, et l'union devient vite exclusive. Avant de rencontrer les filles, Mylène et le Bon Père étaient ma seule société.

Les filles ont fait de moi un être plus discret encore, à la fois invisible et aveugle. Cohortes d'animaux mis à part, plus rien ne traverse mon champ de vision. Pas sûr que mon désir, à lui seul, ne m'ait porté aussi loin. Pour compenser, forcément, je travaille : quoi d'autre ? Les données volées par Zev sont ma seule fenêtre.

Ce dépouillement me plaît de plus en plus. C'est la seule tâche qui donne le sentiment, même fugitif, d'approcher le *satori* du corbeau. À manipuler listings, messages et comptes rendus, on a la sensation de nager dans un océan de secrets, un plan parallèle et presque inaccessible où l'inavouable s'épancherait en cascade. Pour prolonger cette illusion, je me fais méticuleux. Au départ, je tamise les rapines de Zev par mots-clés. Désormais je lis ligne à ligne, passant en revue chaque brouillon de contrat et chaque note de service. Après trente ans d'exercice, j'ai fini par coïncider avec l'image d'Épinal de ma corporation : greffier solitaire, courbé sur son ouvrage malveillant….

Il faut dire que Zev m'alimente en morceaux de choix. Quand ses congénères rançonnent régie ferroviaire et services hospitaliers, lui frappe des cibles nettement moins voyantes, mais beaucoup plus rémunératrices. Les grands cabinets d'avocats, par exemple, dont les archives sont de véritables trésors de turpitudes.

Fil à fil, je détricote les passements de ce velours : ordres de virement, messages cryptés, images gênantes. Et du sein de ce méli-mélo surgit soudain une figure fameuse : Jeffrey Epstein. Gérant de fortune, l'homme abusait de jeunes femmes puis les poussait dans les bras de ses clients. Je m'étais intéressé à ce personnage il y a longtemps, espérant compromettre quelques-uns de ses amis célèbres. Epstein fréquentait Bill Clinton, Donald Trump et tout un assortiment de P-DG et de têtes couronnées. J'avais planqué au pied de son appartement parisien, avenue Foch, et guetté son jet au Bourget. Hélas, c'est l'une des rares fois où j'ai dû le céder à la justice : mis en cause par ses victimes, Epstein a été arrêté et s'est promptement suicidé. Du beau gâchis, si l'on veut mon avis : avec ses archives, il y aurait eu de quoi faire.

Et le voilà qui réapparaît, inchangé, à l'écran de mon ordinateur. Certains des avocats piratés par Zev défendent ses ex-amis, banquiers pour la plupart, qui, avec une belle unanimité, plaident – quoi d'autre ? – l'ignorance. L'essaim de jeunes femmes autour d'Epstein ? Des amies, certes un peu délurées, mais qui ne l'est à cet âge ? Les séjours sur son île privée ? Des séances de travail. Les voyages dans son jet, dont la cabine était munie de lits ? Un gain de temps appréciable. Etc. etc.

Pour mettre à mal ces dénégations, les avocats des victimes d'Epstein produisent messages et photographies. On y voit des sexagénaires, certains célèbres, tous aux anges, en compagnie de femmes nettement plus jeunes et beaucoup moins à l'aise. L'œil exercé par trente ans de racket, j'identifie sur plusieurs images un petit détail. C'est presque imperceptible, mais certaines surfaces reflètent l'individu qui tient l'appareil. La plupart du temps, il est indistinct. Mais quelques caractéristiques, malgré tout, ont imprimé la pellicule : une parcelle de peau, une mèche, un trait. Si l'on grossit, pivote et fait défiler, on recompose un visage. Lointain d'abord puis, à force d'examen, proche, et, même, familier. Plus jeune, plus blond, c'est celui de Maeva.

La première condition du racket, c'est l'empathie. Pouvoir se mettre à la place de l'autre, ressentir ce qui le touche. Ce n'est qu'à cette condition que l'on saura où frapper. En ce domaine, j'ai toujours excellé : je sais me projeter, éprouver les failles, reconstituer les trajets. Mais cette fois-ci, rien. Les milieux, les dates, rien ne correspond. Pas d'indice, pas de signe qui permette de relier l'univers d'Epstein à celui des filles. Je doute de mes conclusions, reprends ma loupe, scrute à nouveau. L'évidence est bien là, butée : réverbérée par une fenêtre, un écran, des lunettes, c'est bien, trait pour trait, Maeva. En m'usant les yeux sur les arrière-plans, je repère même Lilou, et Jade. Que faisaient-elles là ? Pourquoi ne m'ont-elles rien dit ?

Ce genre de recoupement, dans ma branche, c'est le Graal : on vit pour ces découvertes qui, d'un coup, vous donnent barre écrasante sur des épaules ignorantes. Pourtant, je reste ballant, indécis, mal à l'aise. Que faire ? Tout cela n'a de prix que si les filles étaient complices d'Epstein. Au cas où elles ont, d'une manière ou d'une autre, été abusées par le personnage, ces photographies m'accusent : je ne peux les avoir obtenues que si j'ai eu connaissance de ses violences et les aient donc tolérées. Pile, c'est ma carte sortie de prison. Face, mon numéro d'écrou.

Libre, j'aurais fureté, cherché, fait parler les témoins. Je sais démêler ce genre d'écheveau. Mais là, reclus, les hypothèses s'hystérisent. Pour ne rien arranger, une nouvelle fois, on me déplace. Fini le manoir, je suis transféré à Monaco. De nuit, comme toujours, entre deux camionnettes surchargées de mon barda. Diligents, efficaces, les déménageurs me manipulent comme un meuble.

Mon nouveau logement ressemble beaucoup à notre appartement parisien (je me demande qui vit là-bas, à présent). L'immeuble est blanc, moderne, aux formes courbes. Pour la première fois, je n'ai guère envie d'en sortir : Monaco est un désert minéral, une colonie pénitentiaire où languissent nourrices séquestrées, épouses surveillées et oligarques sanctionnés. Il s'en faudrait de peu pour que je me signale à ces frères captifs d'un coup de gamelle sur mes barreaux.

Le temps d'une courte sieste, les filles sont déjà là, en cercle et tenues de circonstance : tailleurs, maquillage, lunettes miroirs. Haut vol à Monte-Carl'. C'est le cas de le dire : telle que je les vois, elles sont sur un coup ÉNORME. L'annonce est solennisée d'un silence. Je me souviens de la fonctionnaire, celle qui avait sollicité mes services ? Évidemment : je leur ai rapporté l'histoire il y a quelques semaines. Précisément : ça les a intriguées, elles ont cherché. Eh bien, cette femme est toujours en poste, et ses besoins sont inchangés. Comment savent-elles ça ? Parce qu'elles l'ont approchée, et proposé de suppléer. Ses services savaient qui on était, et même qu'on marchait avec toi. Sous-traiter les intéresse, mais pour certaines personnalités seulement : le reste, ils internalisent. Et la rémunération ? On se paie sur la bête. En échange ? L'impunité. Judiciaire mais surtout... fiscale !

Si elles me débitent tout cela, ce n'est pas pour avis : nous n'en sommes plus là. C'est qu'elles ont pris commande, et veulent que j'y sois associé. N'est-ce pas ? Approbation générale. Dans ce cas, et avant les détails, j'aimerais tout de même donner mon sentiment. Pas la peine, tu vas ergoter. Il n'y a qu'une seule chose à considérer : l'État nous demande, à nous, les traînées de Lisieux, d'être ses auxiliaires. Comment refuser ? J'en reste muet : depuis quand cherchent-elles la reconnaissance ? Il ne s'agit pas de médailles mais de clés. Avec de tels alliés, on ouvre toutes les portes : salons présidentiels, appartements royaux, palais princiers... Plus aucune cloison, bientôt, n'arrêtera notre vue. Je grince : mais qu'est-ce qu'elles croient ? Les gens comme nous, aucun gouvernement ne veut les voir proliférer ! On va nous donner une mission, deux peut-être, et puis on va nous faire disparaître, de peur que l'on trahisse (crainte qui, convenons-en, n'est pas totalement déplacée...).

Mes craintes de vieux monsieur leur font hausser les épaules : personne ne peut plus les atteindre. Organisme rétractile, leur emboîtement de sociétés est plus furtif qu'un poulpe et capable, pensent-elles, de tenir l'hostilité d'un État. Dit crûment, elles ne croient guère à la puissance publique : un pays, pour elles, ce n'est qu'une référence client. Un peu plus prestigieuse, certes, un peu plus difficile à décrocher, sans doute, mais rien d'autre.

Et puis comment refuser quand la cible qu'on vous désigne est le sommet de la pyramide ? Racket au président ! On dirait le titre d'un mauvais film. Elles adorent, et il faut bien dire que ça ne me déplaît pas non plus. Qu'est-ce qu'il faudrait faire exactement ? Forcer le chef d'État d'une petite république à signer un méga-contrat d'infrastructure, surfacturé du prix de notre silence.

Pour l'occasion, elles ont, très théâtralement, levé mon écrou et appelé de leurs vœux « d'autres rapports » entre nous. Je ne me fais aucune illusion : elles se méfient toujours, mais ont besoin de moi. Je préférais, en ce qui me concerne, la contrainte : c'était plus reposant. Maintenant il va falloir assumer : c'est toujours assommant.

Pour fêter ma libération, je suis parti à pied, impatient d'éprouver mon regard sur le désordre des flux. Plus que l'immobilité, supportée sans trop de gêne, c'est l'éborgnement qui m'a pesé : bandeau de maçonnerie, la détention contraint l'œil. J'ai hâte de retrouver l'ivresse des panoramas, même si, dans ce domaine comme dans d'autres, Monaco n'est pas la panacée.

Je me laisse porter par le jeu des perspectives et le déploiement des rues, tant et si bien qu'à force de crochets, et de détours, je me retrouve sur le front de mer, au pied de l'Opéra. Conçue par Garnier, cette construction monumentale fait aussi office de casino. Elle est encore plus difforme que sa cousine de Paris, comme si l'ambition de son concepteur avait été de réfuter toute idée de limite. Chaque angle, chaque ligne, au lieu de fermer, foisonne et saille au contraire, noyant la structure sous une profusion bourgeonnante. Dans cet espace mouvant, le moindre personnage paraît diffracté, étiré, écrasé.

Démesuré, le bâtiment sert aussi de cadre à toute une théorie de manifestations : vente aux enchères, salons, expositions… Il s'y passe toujours quelque chose et, y revenant chaque jour, j'ai l'impression de circuler, grandeur nature, entre les pages d'un album de mes anciennes photos. Je reconnais du monde et légende mentalement les apparitions. Comme il est satisfaisant de retracer une trajectoire dans l'épaisseur d'une foule ! Comme il est agréable de connaître mieux que soi-même des individus qui ne savent rien de vous ! Les motifs que compose cette assemblée élégante me sont papier peint et musique d'ambiance, accompagnement hypnotique que je ne quitte qu'à regret.

Car à l'appartement, l'ambiance est tout autre : les filles jouent gros, et sans atouts. Auxiliaires d'État, elles s'attendaient à ce que leur client leur fasse profiter de ses dispositifs de surveillance. Je ne les blâme pas : c'est un rêve qu'on a tous fait. À bricoler sans cesse pour surprendre la vie des autres, on finit, c'est humain, par convoiter les facilités des gouvernements. En signant avec un pays, les filles pensaient décrocher le gros lot. C'était oublier un peu vite que la cible est alliée de leur commanditaire (pour leurs ennemis, ils n'ont besoin de personne). Le levier du chantage, il faut le trouver ailleurs. Et sans tarder : il n'y a qu'un mois pour réussir.

Les talons ont depuis longtemps valsé aux quatre coins du salon, et les lunettes quitté les têtes pour être nerveusement mordillées. La panique monte, et je m'active pour la tisonner. J'attends qu'elle rougeoie, puis j'assène : est-ce qu'il n'y aurait pas des choses à chercher du côté d'Epstein ? Le vernis craque : Epstein ? Le financier violeur, vous vous souvenez ? Il abusait de jeunes filles et fréquentait le meilleur monde. Avec un peu de chance, votre cible l'a côtoyé : c'est le genre. Clinton, le prince Andrew étaient amis d'Epstein : pourquoi pas votre homme ? Avec une agressivité qui ne leur est pas coutumière, elles m'interrompent : d'où je sors cette idée ? Simple conjecture : il nous manque un levier, je le cherche. Et pourquoi précisément Epstein ? insistent-elles sans aménité. Par commodité : notre temps est compté, je vise le recours rapide. Elles échangent des regards et, faisant intérieurement rouler les tambours, j'abats mes cartes, et leurs photos : tout de même, Epstein, vous l'avez un peu connu, non ?

Toujours la même chose avec toi, toujours le même lapin dans ton chapeau. Deux images floues, et ta religion est faite : si ce n'est vous, c'est donc vos sœurs ! Tu crois nous identifier et, fébrile, tu conclus. Car c'est cela, n'est-ce pas ? Dans ta tête, on est déjà complices d'Epstein ? Mettez-vous à ma place… Eh bien pas du tout. On était comme les autres : chassées, menacées. Au départ, c'était une cible, un libidineux parmi d'autres, appâté sur un site de rencontres. Mais, petit à petit, le piège s'est retourné : il nous a donné de l'argent, nous a invitées, a essayé de nous coincer. Seulement nous, on était une bande, on a pu se défendre.

Leurs explications sont lentes à venir, l'épisode, manifestement, leur pèse. Malgré ses assauts, concèdent-elles, on l'a revu. Il faut comprendre : on vivait à Lisieux, lui avenue Foch ! Il nous emmenait faire les boutiques, il tutoyait des princes ! On était fascinées.

Lentement, comme on laisse un chignon se défaire, elles déplient leur histoire. Epstein était un monstre, c'est entendu. Mais il était aussi, dans son genre, un visionnaire. Le premier à industrialiser le chantage. Les femmes qu'il s'attachait, toujours sous la contrainte, il les poussait ensuite dans les bras de ses amis, des P-DG ou des chefs d'État. Mieux, il encourageait les ébats ! L'action avait lieu loin des regards, dans son jet ou sur son île, perdue dans la mer des Caraïbes. Protégées par l'enclave, les célébrités baissaient la garde. Mal leur en prenait : les repaires d'Epstein étaient truffés de caméras. Fort de ses films, notre homme revenait demander compensation, maquillant ses rançons en honoraires, pour gestion de fortune ou bien conseils fiscaux.

Comment ne pas comprendre leur fascination ? J'entends Epstein, d'une voix doucereuse : « Vous souvenez-vous, Excellence, de cette soirée passée avec mes jeunes amies… ? » et aussitôt son interlocuteur qui s'immobilise, infailliblement soumis. À force, le super-corbeau a même dû arrêter de demander de l'argent, se contentant d'extorquer des informations de marché, vite mises à profit en Bourse. Au faîte de sa puissance, personne n'était en mesure de lui refuser son concours – « Président ! Mon jet décolle pour les Bahamas : serez-vous, une nouvelle fois, des nôtres ? »

Rencogné dans le canapé comme un promeneur qui s'abrite de l'orage, je fais défiler la vie d'Epstein. Je me figure des scènes, jusqu'à son quotidien. Comme le disent mes amies, l'homme voyait loin. Mon propre parcours, dont j'étais jusqu'alors légitimement fier, semble anecdotique en comparaison. J'ai cru innover, mais je vois bien que je suis demeuré tributaire des usages d'antan, reproduisant aujourd'hui les méthodes d'hier. Epstein, à l'inverse, a su sophistiquer l'extorsion jusqu'à la rendre indétectable, remplaçant l'éternel échange de préjudice et d'argent par un négoce autrement plus subtil, fait de menaces voilées et de services rendus. D'un coup, je comprends d'où vient la formidable pénétration des filles : elles savaient déjà tout ! J'ai cru leur apprendre, mais n'ai fait que faciliter un dessein qui m'excédait largement.

En ma faveur, je n'ai qu'une chose : je suis plus fréquentable que ce premier mentor. « Epstein était une ordure, à un point difficile à concevoir. Qu'un type comme ça ait monté ce business parfait nous rendait folles : on aurait pu faire tellement mieux ! Sa violence nous révulsait, et elle était inutile. Troquant ses partenaires avec ses cibles, Epstein s'exposait lui-même en compromettant les autres. C'est ce qui l'a finalement perdu. Ses victimes, elles, n'ont été qu'éclaboussées. »

Sa détention, vous en avez profité ? On a essayé. Il faut d'abord te dire que, la prison, on n'y est pas pour rien. C'est au retour de Paris que le FBI l'a arrêté : qui, à ton avis, les a prévenus ? Le mec était atroce, sans doute le pire qu'on ait vu : il fallait qu'il paie. Mais en le dénonçant, c'est sûr, on guignait aussi son business, et surtout ses archives. Mais on n'a jamais pu mettre la main dessus.

Les plus anciens volumes de ma bibliothèque à chantage sont les aventures du cambrioleur Arsène Lupin : depuis l'enfance, je lis et relis ce feuilleton 1900. À l'âge adulte, j'ai pris conscience que si ces histoires me plaisaient tant, c'est qu'elles tournaient souvent autour d'opérations de chantage, de recels de lettres ou de relevés de virements. Le voleur élégant ne dédaigne pas d'en faire usage : dans *813*, une de ses aventures les plus célèbres, il fait chanter l'empereur d'Allemagne en affirmant détenir sa correspondance diplomatique. Lupin nous montrait la voie ! Il fallait reprendre les recherches et mettre la main sur les enregistrements d'Epstein. Et si jamais la cible ne s'y trouvait pas ? On bluffe ! Avec de telles cartes en main, personne n'osera nous voir !

Pendant les débats, la nuit est tombée sur Monaco, transformant les baies de notre appartement en miroir. Dans le reflet rectangulaire se compose un portrait de groupe au travail : sérieux, affairé, loin, très loin des désordres de nos débuts, quand je luttais à grand-peine contre leur bouillonnement indiscipliné.

Quelques jours plus tard, nous sommes avenue Foch, devant l'immeuble qu'a occupé Epstein. Depuis des années il est à vendre mais personne n'en veut. Tous ses autres pied-à-terre, même son île et son jet, ont été perquisitionnés. Pas l'avenue Foch : en France, la mort d'Epstein a prématurément mis fin aux enquêtes diligentées contre lui. S'il y a quelque chose à trouver, c'est ici.

Revenir, avec la bande, sur mes anciens terrains de chasse, est une expérience assez désagréable. Avant de connaître les filles, le périmètre situé derrière l'Arc de triomphe m'était plus familier qu'un vêtement : j'en connaissais chaque centimètre carré. Voir mes jeunes amies l'arpenter sans ménagement me procure un malaise presque physique : attention ! suis-je sans cesse sur le point de m'écrier. Vous allez tout déranger !

Pour envisager l'objectif, elles ont spontanément élu le balcon que forme, sur les pelouses des contre-allées, le monument à Jean-Jacques Alphand, ex-administrateur des jardins. Debout sur un petit muret, son marbre exagérément moustachu tournant le dos aux immeubles, il fournit aux observateurs un poste idéal. C'est là que je venais me cacher quand un dossier m'appelait dans l'avenue.

Pour visiter le 22, adresse de l'appartement d'Epstein, nous avons contacté l'agence et formé des couples d'acheteurs. Déguisés en rentiers monégasques, Maeva et moi passons les premiers. Le contraste entre le babil du commercial et les souvenirs des filles est particulièrement glaçant. L'espace a beau avoir été débarrassé de son décor, les murs gardent l'empreinte de cadres dont mon accompagnatrice m'évoque, en chuchotant, le contenu : photographies suggestives, portraits de groupes, *Erotica*… Conscient d'arpenter une scène de crime, nous posons des questions sur le montant des charges. Pendant que j'occupe l'agent, Maeva sonde les murs. Ensuite nous inversons les rôles, et j'ausculte les parquets. La chambre seule nous occupe : les autres équipes se chargeront du reste.

Mais les visites s'enchaînent sans que rien n'apparaisse. Dans un sursaut, Lilou demande à l'agent s'il existe des dépendances. « Une cave » – vide –, « un garage » – inutilisé – « et aussi un box, je crois », répond ce dernier. Cette dernière mention resserre brusquement l'écoute. « Le box ? Il est à Montreuil si je me souviens bien. »

Pour continuer, il nous faut d'autres prestataires. Les filles paient quelquefois de vrais policiers pour mener de fausses opérations : perquisitions sans suite, pseudo-interrogatoires, etc. Le lendemain, nous retrouvons deux de ces inspecteurs à Montreuil. Ce sont eux qui vont pénétrer dans l'entrepôt, longue bâtisse anonyme sur une rue sans trottoir, en prétextant un mandat. Si leur brutalité est convaincante, la direction marchera, et les laissera saisir le casier d'Epstein. Dans le cas contraire, nous sommes prévenus : ils ne prendront aucun risque. Au moindre accroc, ils se replient, avec l'argent que nous leur avons versé.

Depuis l'habitacle d'une voiture garée à quelques dizaines de mètres de l'entrée de l'entrepôt, nous observons nos émissaires produire leur carte et, sans attendre le geste du préposé, pénétrer au pas de charge. À peine ont-ils disparu que chacun s'enferme dans le silence. Il ne passe personne à Montreuil, et c'est bien dommage : un peu d'action nous aurait distraits. Mais il n'y a rien d'autre à faire qu'essayer de retrouver, dans les trains de nuages, des formes évoquant des silhouettes ou bien d'isoler, sur le pare-brise, les infinitésimales barrières déviant la course des gouttes. Tout le monde s'absorbe et personne n'a l'indélicatesse de faire remarquer, en tout cas à voix haute, que ça fait tout de même un moment qu'ils sont partis non ? On préfère mesurer, incrédules, le chemin parcouru pour en arriver là, à portée de main du Graal du chantage. Réflexion qui, en violents mouvements sinusoïdaux, alterne avec la crainte que le coffre d'Epstein ne recèle que des papiers jaunis et des dossiers obsolètes. Travaillé en accordéon par ces élans contradictoires, on sourit dans le vide pour se recroqueviller quelques minutes plus tard sur son siège, tant et si bien qu'aucun de nous ne remarque que nos mercenaires sont ressortis du périmètre, et que leurs phalanges, en coups rapides, tambourinent nerveusement sur la carrosserie.

Emballé de film plastique, le box contenait non pas des tirages, ni même des clés, mais des disques. Des rondelles de plastique irisé que les filles, lorsque je les ai déballées, ont considérées avec surprise et dont la lecture a nécessité une reconstitution historique. Il a fallu exhumer un lecteur, qui ronronne comme la cheminée de leur manoir, et y brancher un ordinateur d'époque, reconstruit par Zev. L'installation, baroque, occupe tout un pan de mon ancien bureau. Car, bien sûr, nous sommes revenus dans le 18e, et avons réintégré l'immeuble adossé au cimetière Montmartre. J'y vis désormais seul, et libre. Les filles, ai-je découvert, ont racheté par lots l'intégralité du bâtiment, et occupent chacune un étage. La prudence qui m'a guidé toute ma carrière est le dernier de leur souci : quand je me faisais, autrefois, couleur muraille, elles s'affichent au contraire sans gêne, et battent ouvertement pavillon. Et alors ? Elles sont cheffes d'entreprises !

Retour à la case départ, donc, et en formation de combat. Comme les fichiers de Zev, je dépouille les CD-Rom d'Epstein. Et rapidement, je déchante : il n'y a, gravé dans les sillons arc-en-ciel, que des archives bancaires, des relevés de vieux comptes et des tableaux d'opérations oubliées. Autant d'informations apparemment compilées pour répondre à des réquisitions judiciaires. Rien qui éclaire nos recherches, pas même une indication sur le portefeuille des clients d'Epstein. Le seul élément utile, c'est un état de son patrimoine, qui illustre, s'il y en avait besoin, l'éclatante prospérité de son racket. Rien qu'en France, l'homme avait, outre l'avenue Foch, des propriétés sur la Côte d'Azur, dans le Lubéron, le Bordelais... Au sein de ce catalogue de prestige, une localité surprend :

Neuville, en périphérie du Mans. Epstein y possédait un pavillon, entre ville et champs.

Vu de près, on dirait plutôt une maisonnette. Car évidemment, nous nous sommes précipités : l'anomalie était trop visible, et notre quête trop engagée. Ignorant les relances pressantes de nos nouveaux clients, nous avons roulé, anxieux, vers Le Mans. Sur place, la banalité du lieu a conforté nos soupçons. Son insignifiance était étudiée, c'était manifeste. J'ai moi-même fait suffisamment d'efforts pour passer inaperçu pour ne pas repérer, chez les autres, des préoccupations similaires. La résidence d'Epstein accumulait tous les signes d'une résidence familiale, depuis les volets rustiques jusqu'aux agrès sur la pelouse. La découverte, au-dessus de l'entrée, d'un système anti-intrusion sophistiqué est venue confirmer que nous étions sur la bonne piste.

Une fois l'alarme désactivée, et la porte forcée, les torches de nos téléphones ont révélé des pièces meublées au hasard et de toute évidence inhabitées. Appliquant la méthode, désormais éprouvée, du damier des archéologues, nous avons exploré chaque mètre carré. Cave et jardin étaient exclus : ce que nous cherchions craignait l'humidité. Mais la maçonnerie était désespérément pleine et, au bout d'une matinée d'investigations, notre résolution a commencé à flancher. L'environnement n'aidait pas : du papier peint au carrelage, ce logement n'était qu'un long et déprimant dégradé de beiges et bruns, hideusement agrémenté, çà et là, de tableaux en laine brodée figurant des scènes de genre : moissons, banquet, etc. Sur ces compositions, certains détails étaient tellement travaillés que l'accumulation des brins de couleur leur conférait un véritable relief.

Lorsque les filles, sorties prendre l'air, sont revenues dans la pièce, elles m'ont trouvé accroupi. J'avais décroché les broderies des murs pour les poser à plat sur le sol. Arrêtant leurs questions d'un geste, j'ai longuement palpé un personnage placé au second plan d'une fête des vendanges et, écartant précautionneusement les fils de laine qui en composaient la silhouette, j'ai extrait de l'enchevêtrement une clé de stockage de quelques centimètres. Tout le monde s'est aussitôt agenouillé pour éprouver chaque saillie du tricot et, rapidement, d'autres clés ont été dégagées. Lorsque nous avons quitté la maison, trente petits rectangles de plastique fileté d'or s'entrechoquaient dans nos poches.

Je suis obligé de le concéder aux filles : Epstein avait un plan. Sa collection d'archives était organisée par ordre alphabétique, et chaque enregistrement, qu'il soit audio ou vidéo, était accompagné de commentaires sur leur captation. Lentement, les bataillons se rangent : bientôt sonnera la charge.

Je n'ai, hélas, pas trouvé notre cible présidentielle dans la bibliothèque d'Epstein. Mais j'ai trouvé son fils, et en mauvaise posture. Or, hasard heureux, ce rejeton est le premier des conseillers de son père. Nous voilà donc munis, et prêts à frapper. Il était temps : remonter la piste Epstein nous a distraits de notre mandat gouvernemental, et le client, déjà fébrile, est à présent tout à fait paniqué. Sur la cible, ça s'agite : Russes et Chinois flairent l'objectif, cherchant la brèche. Et nous qui dormons ! Claquements de portes, ultimatums. Les serviteurs de l'État, on le sent bien, regrettent d'avoir opté pour la sous-traitance, et brûlent d'en revenir à leurs fondamentaux. Les filles s'emploient à les faire redescendre : du calme, voyons ! Du sang-froid ! Rien n'est plus plaisant que de les voir chapitrer ces fonctionnaires : dans le chantage, leur expliquent-elles, pas d'arsenal ! Les munitions, on les forge soi-même. Nécessairement, c'est plus long et, parfois, ça flotte. Mais pas d'inquiétude ! Les charges sont prêtes, les détonateurs armés.

Manque juste le vecteur. Vu l'ambiance, et les contraintes, il faut être expéditif. Une souricière implacable, dans un décor anodin. Des mâchoires de fer, sous l'herbe accueillante d'une clairière.

L'appât, placé en évidence au-dessus du piège, a finalement pris la forme d'une table pliante. Une structure légère, articulée de tubes creux. C'était ça, le véhicule. La cible devait bientôt se rendre en France. Premier acte : on lui envoyait, avec les compliments de l'hôtel, un masseur. Ce professionnel s'arrangeait pour laisser une impression suffisamment agréable pour que, le lendemain, un second thérapeute, porteur de la même tenue et des mêmes accessoires, soit accueilli à bras ouverts. Ce deuxième intervenant, dont il n'était pas difficile de deviner qui tiendrait le rôle, allait déplier sa table, y faire allonger la victime et, une fois celle-ci enduite de lotion, lui mettre sous le nez la vidéo d'Epstein. Nu, et luisant, le sujet devrait se montrer coopératif.

Tous les magiciens le savent : on a beau inventer des tours, le succès d'une exécution n'est jamais garanti. Les accrocs ont commencé dès le costume : j'avais adopté le tee-shirt – trop petit – et les chaussures – en toile – qui constituent l'uniforme universel des manipulateurs. Mais cette panoplie laissait, en plusieurs endroits, deviner un corps manifestement plus sédentaire que ne le sont habituellement les masseurs.

Je craignais que ce détail me trahisse, comme j'ai cru, dès l'instant où l'on m'a ouvert la porte, que l'équipe de sécurité présidentielle ne fasse tout capoter. Deux colosses aux oreillettes grésillantes ont examiné ma lettre d'introduction, fouillé mes affaires puis m'ont conduit, toujours bourdonnants, vers un petit salon. Sous leurs regards sévères, j'ai déplié ma table et ils étaient toujours là quand le fils du président est entré. Ce n'est qu'au moment d'enlever son pantalon que ce dernier s'est brusquement avisé de leur présence, et les a, à mon grand soulagement, congédiés.

L'action, à partir de ce moment, s'est plus étroitement recollée au script. J'ai appliqué l'embrocation, posé les questions d'usage puis, lorsque le sujet m'a paru suffisamment détendu, produit la vidéo d'Epstein. L'effet a été immédiat : à la vue des images, la progéniture présidentielle s'est figée d'horreur puis a bredouillé, plaintive : « Combien, combien ? » Si j'ai, dans ma vie, monté quantité de traquenards, j'ai rarement eu l'occasion de voir de près les conséquences de mon travail : quand ma victime est compromise, le plus souvent, je suis loin. La tentation de prolonger le moment, nouveau pour moi, fut forte, mais je n'y ai pas succombé : le bruissement intermittent, dans la pièce voisine, des communications radio des gardes du corps était un rappel puissant de la précarité de ma situation. J'ai donc vigoureusement intimé le silence à ma victime et, une fois celle-ci docile, ai sifflé mes instructions. C'était compris ? Mais, mais… Que les choses soient claires : la moindre déviation, ne serait-ce que d'un millimètre, du scénario prévu, serait sévèrement sanctionnée.

Pour le suivi, et le contrôle qualité, le client a pris le relais. Il faut dire que la mission, initialement considérée comme décisive, pâlissait au regard de nos récentes découvertes. Œuvrer pour un pays aurait dû constituer le couronnement de notre carrière, l'ultime marche de notre ascension. Mais, à côté des enregistrements Epstein, les ors de l'État semblaient dérisoires. Quel besoin d'épouser des intérêts nationaux quand il nous est désormais possible d'agir comme bon nous semble ? Les réserves d'infamie d'Epstein sont la pile qui manquait à notre réacteur. Plus question de servir des gouvernements : ce sont eux, désormais, qui devront composer avec nous.

Trois cent quarante-sept individus, aux trois quarts en activité. Deux tiers d'entrepreneurs, un tiers d'élus, et 100 % d'hommes. Cinquante-cinq nationalités, une majorité de Suisses et d'Américains. Rien en dessous du demi-milliard, à l'exception des politiques. Le pouvoir de nuisance dont nous investissait la base de données d'Epstein était hautement concentré : en un clic, l'arme, l'objectif, et l'impact désigné du projectile.

Mais les premières détonations tardaient à retentir : l'ampleur de la tâche, à dire vrai, nous donnait le vertige. Par où commencer ? Comment toucher ce petit monde ? Malgré la solidité de nos assises, l'avalanche de milliardaires nous débordait. Alors on ratiocinait, on tergiversait, tout en ignorant les sollicitations de l'administration qui, galvanisée par notre premier succès, insistait pour nous confier de nouveaux mandats. On temporisait tant qu'on pouvait, prétextant des complications dans la collecte de notre dû.

Le plus urgent, c'était la publicité. Impossible d'approcher nos futures victimes les unes après les autres : les premiers préviendraient les seconds, et nous serions neutralisés avant d'avoir atteint le tiers de la liste. L'avertissement collectif, voilà la bonne stratégie : une annonce simultanée empêcherait toute coordination. Mais comment procéder ? Ces milliardaires étaient inaccessibles, et surprotégés.

La solution, je l'avais toute prête. Des années que j'y songeais.

Depuis près de trente ans, et au mépris de toute prudence, ai-je très théâtralement déclaré aux filles réunies à l'appartement, j'écris un journal (émois dans l'assistance). Il comporte des milliers de pages, toutes codées et sauvegardées ici (j'ai produit un petit disque dur). Je connais le prix des traces : depuis mon premier coup, j'ai toujours eu soin d'éliminer chaque lettre, chaque photographie et de nettoyer méticuleusement mes ordinateurs. Mais à mesure que je disparaissais et m'isolais des autres, j'ai ressenti le besoin, irrépressible, d'une sécurité plus fiable que le souvenir. J'ai donc adouci ma politique de terre brûlée mémorielle, et commencé à prendre des notes.

Au début, ce n'étaient que des fiches : détails d'un scandale, décomptes de frais, comptes rendus de conversation… J'y gagnais, me semblait-il, une lucidité plus grande, même si c'était souvent au prix d'une mélancolie aggravée. Quoi qu'il en soit, cette production de fragments s'est petit à petit étoffée jusqu'à former un long ruban ininterrompu, un papier collant attrapant tout ce qui passe.

Les yeux de mon auditoire s'arrondissaient d'horreur : tu n'as pas fait ÇA ? Inutile de préciser que je suis conscient des risques que j'ai pris. Mais j'ai persisté. Par goût d'abord, par jeu ensuite, par instinct enfin. Comme si, aux aveux de mes proies, il fallait en opposer d'autres, en sacs de sable, pour éviter la submersion. Je n'ai envisagé d'arrêter qu'une seule fois : lorsque je les ai rencontrées. Leur présence rendait l'écriture malaisée – il fallait se cacher – et puis, soyons honnêtes, je craignais qu'elles découvrent ce journal, et en usent contre moi (violente agitation, qui m'oblige à hausser la voix). Ne vous méprenez pas : si j'avoue, ce n'est pas pour m'excuser. C'est simplement parce que, au stade où nous en sommes, ma conduite à risque s'est, paradoxalement, transformée en atout.

Dans le silence qui s'est fait, j'expose mon plan. Quand elles m'ont enfermé, j'ai mis mes écrits au propre. Coupé des longueurs, repris les notations trop lapidaires, développé les passages obscurs, bref essayé de rendre tout cela lisible... Pourquoi ces efforts ? Figurez-vous que j'envisageais de me faire publier (HEIN ?). Mettez-vous à ma place : vous m'aviez piégé, incarcéré, humilié... Il fallait vous rendre la monnaie de votre pièce (invectives, lazzis). Je vous en prie ! (le chahut persiste, et j'achève sur fond de bavardages houleux). Cette idée de livre, abandonnée entretemps, il faut la reconsidérer. N'est-ce pas le vecteur idéal pour toucher les amis d'Epstein ? Un texte, une fois édité, n'a plus de destinataire. C'est une lettre sans enveloppe à laquelle tout le monde a accès. Il suffit d'y apposer, en code, un avertissement seulement compréhensible de quelques-uns, et le tour est joué.

Sans paraître remarquer les murmures d'assentiment qui m'environnent, j'avance au pas de charge. Publier mon journal tel quel n'est pas envisageable : trop dangereux. Il est en outre à parier qu'aucun éditeur n'en voudrait. Voici ce que j'imagine. On trouve un écrivain (j'ai un profil en tête), on lui montre des extraits, et, s'il est intéressé, on lui confie la totalité du manuscrit pour qu'il en fasse un roman. Tout, les noms, les dates, sera dissous dans la fiction, à une exception près : Epstein. Tout ce qui le concerne doit être conservé intact : ses séjours parisiens, ses caméras cachées, et surtout sa collection de films. Le gros des lecteurs n'y verra qu'une invention de plus, mais une poignée d'individus, directement concernés, percevra la menace et agira en conséquence.

Mon plan remporta les suffrages et fut mis en œuvre.

NORD COMPO
multimédia

Composition et mise en pages
Nord Compo à Villeneuve-d'Ascq

CET OUVRAGE
A ÉTÉ ACHEVÉ D'IMPRIMER
SUR ROTO-PAGE
PAR L'IMPRIMERIE FLOCH
À MAYENNE EN MAI 2024

N° d'édition : 637488-0. N° d'impression : 104921
Dépôt légal : août 2024
Imprimé en France